光文社古典新訳文庫

田舎医者／断食芸人／流刑地で

カフカ

丘沢静也訳

光文社

Wunsch, Indianer zu werden
1912
Der plötzliche Spaziergang
1912
Der Heizer
1913
In der Strafkolonie
1919
Ein Landarzt
1920
Ein Traum
1920
Ein Hungerkünstler
1924
Josefine, die Sängerin oder das Volk der Mäuse
1924

Author : Franz Kafka

目次

田舎医者／断食芸人／流刑地で

インディアンになりたい

ああ、もしもインディアンだったら、今すぐにでも、走っている馬に飛び乗り、体をかがめて風を切り、震える地面に体を小刻みに震わせながら、拍車をかけるのをやめ、いや、拍車なんてなかったんだ、手綱を投げ捨て、いや、手綱なんてなかったんだ、目に飛び込んでくるのは、すっかり刈られた荒れ野くらい、もう馬の首も、馬の頭もなく。

突然の散歩

日が暮れて、「外出しない」とようやく決心したらしい。部屋着を着て、夕食をすませて、明るいテーブルで、あの仕事かあのゲームをやったら、寝ることにしている。外の天気が悪いと、出かけないのは当然だ。長いあいだじっとテーブルに向かっていたのだから、今から出かけたりすれば、家族みんながびっくりするにちがいないだろう。それに今はもう、吹き抜けの階段の明かりは消され、建物の玄関も閉まっている。それなのに突然、不機嫌な顔をして立ち上がり、部屋着を脱いで、すぐ外出着に着替え、「出かけなくちゃ」と言い、「じゃあ」と声をかけて出かける。玄関ドアを急いでバンと閉めるから、音に腹を立てる人がいるかもしれない。通りに出てみると、おかげで手足が、思いがけない自由を感じて、きびきび動いてくれる。こうやって外出の決心をしただけで、どんなことでも決心できる気になっている。いつもと違うことがこんなに急に楽々とできるのは、必要に迫られたからではなく、パワーがあるからだ。これは、普段そう思われている以上に大事なことだぞ。そう思いながら、長い通りを駆けるように歩いていく。——だったら、彼はその夜、すっかり自分の家族から抜け出していたのだ。家族が実体のないものになっていく。その一方、彼自身は確かな存在として、黒いシルエットで、太ももの後ろを拳でぶちながら、本当の自分の姿になって立っている。

こんなに夜遅く、友達を訪ねて、「元気？」と聞けば、すべてがさらに確固としたものになる。

ボイラーマン　断章

16歳のカール・ロスマンは、女中に誘惑され、その女中に子どもができてしまったので、貧しい両親の手でアメリカに送られることになった。船はすでに速度を落としてニューヨークの港に入っていた。自由の女神の像は、ずっと前から観察していたが、突然強くなった太陽の光に包まれたみたいだ。剣を持った腕を女神があらためて高くかかげているみたいだ。その姿を包むように自由のそよ風が吹いている。

「こんなに大きいんだ！」と、カールはつぶやいた。荷物を持った人の群れがどんどんふくれあがり、そばを通り過ぎていく。その場を離れるつもりなどなかったのに、しだいに舷側（げんそく）の手すりのところまで押しやられた。

航海中にちょっと知り合いになった若い男が、通り過ぎながら、「おや、下船する気ないの？」と言った。「いや、準備はできてるんだ」と、カールは言った。笑いかけながら、おどけてトランクを肩にかついでみせた。力には自信があったのだ。しかしその顔見知りはステッキをちょっとふり回しながら、ほかの連中といっしょに離れていった。それを見送っているときカールは、雨傘を下の船室に忘れたことに気がついて、うろたえた。急いでその顔見知りに頼み込んだ。ちょっとの間だけトランクの番をしてくれないか。頼まれた顔見知りはうれしそうな顔をしなかったが、カールは、まわりの様子を帰りの目印に頭に入れて、急いでその場を離れた。下に降りると残念なことに、一番近道をさせてくれていた通路が閉鎖されている。はじめてのことだ。たぶん乗客を全員下船させてしまうためなのだろう。仕方なく、無数の小さな船室を通り、何度も何度も折り返す短い階段を通り、どんどん脇へ曲がっていく廊下を通り、デスクがひとつ置き去りにされている空っぽの部屋を通って、苦労して道を探すことになった。その通路は一度か二度、それも何人かの仲間といっしょに歩いたことしかなかったので、やっぱり完全に迷子になってしまった。途方に暮れた。誰にも会わなかったし、頭の上ではずっと、千人もの足音しか聞こえない。遠くからは、すでに停止した蒸気機関の最後のうめきが聞こえてきた。吐息のようだ。迷っているうちに立ち止まったとき、たまたま目の前に小さなドアがあったので、後先を考えずに、そのドアをたたきはじめた。

「開いてるぞ」と、中から声が聞こえた。カールはほっと息をついてドアを開けた。「なんでそんなに、狂ったようにたたくんだ？」と、大柄な男が、カールにはほとんど目を向けずに、たずねた。みすぼらしい船室には、どこかの天窓からだろう、船の上のほうでとっくに使い古されて曇った光が射し込んでいた。ベッドと、戸棚と、椅子と、その男が、倉庫に運び込まれたように、窮屈に並んでいる。「迷子になっちゃって」と、カールが言った。「航海中はぜんぜん気がつかなかったけれど、恐ろしく大きな船なんですね」。「ああ、そうだよ」と、男はちょっと誇らしげに言いながら、小さなトランクの錠をいじるのをやめなかった。両手で何度もトランクを押さえては、錠がカチンと閉まる音を聞こうとしていた。「さあ、入ってくるといい！」と、男が言葉をつづけた。「そんなところに突っ立ってないで！」。「お邪魔じゃないんですか？」と、カールがたずねた。「いや、邪魔じゃないよ、ぜんぜん！」。「ドイツの方ですよね？」と、カールはさらに確かめようとした。危険な噂をたくさん耳にしていたからだ。とくにアイルランド人が、アメリカにやってきた新参者には脅威なのだ。「ああ、そうだよ」と、男が言った。カールはまだためらっていた。男は突然、ドアノブをつかんで、すばやくドアを閉め、ドアごとカールを船室に引き込んだ。「通路からのぞかれるの、嫌なんだ」と言って、男はまたトランクをいじっている。「通りかかる奴が、みんなのぞいていく。そんなことに我慢できるのは、十人にひとりだろ！」。「でも通路には誰もいませんよ」と、カールが言った。ベッドの脚に押しつけられ、窮屈な思いで立っている。「ああ、今はな」と、男が言った。〈でも、今が問題なんじゃないか〉と、カールは思った。〈この人とは話が合わなそうだ〉。「ベッドで横になるといい。そのほうが楽だ」と、男が言った。カールは、這うようにしてベッドに登った。そのとき、ベッドに飛び乗ろうとして失敗した乗船初日のことを思い出して、笑った。けれどもベッドに上がったとたん、叫んだ。「しまった、トランクのこと、すっかり忘れてた！」。「どこに置いてきたんだ？」。「上のデッキです。知り合いに番を頼んでるんだけど。何て名前だったかな？」。母親が旅行の前に上着の裏地に縫いつけてくれた隠しポケットから、名刺を取り出した。「ブターバウム、フランツ・ブターバウムだ」。「そのトランク、どうしても必要なのか？」。「もちろんですよ」。「だったら、どうして、よく知らない人間にあずけたりしたんだい？」。「下の船室に雨傘を忘れちゃって。それを取りに行ったんです。でも、トランクまで引きずっていきたくなかった。で、こうして迷子になっちゃったんです」。「ひとり旅なのか？　連れは？」。「ええ、ひとりです」。〈この人を頼りにするのがいいかもしれないな〉。そんな考えが頭をかすめた。〈いい友達が見つかるまでは〉。「じゃあ今は、トランクもなくしたわけだな。雨傘のことはわからんが」。そして男は、まるでカールの問題が今や自分の関心事になったかのように、椅子に腰を下ろした。「でも、トランクはまだなくなったわけじゃない、と思うんです」。「信じる者は幸せだ」と言って、男は、黒くて短くて濃い髪の毛をごしごし掻いた。「船では、港が変われば風習も変わる。ハンブルクじゃ、君のブターバウムくんは、トランクの番をしてくれたかもしれん。でもな、ここじゃ、きっと、もう、トランクもろとも姿を消してるぞ」。「じゃ、すぐ上に行かなくちゃ」と言って、カールは、どうやって出ていけるか、見回した。「ここにいればいい」と言って、男は片手でカールの胸を手荒なくらいに突いて、ベッドに押し戻した。「どうして？」と、カールは腹を立ててたずねた。「意味がないからだ」と、男が言った。「もうちょっとしたら俺も行く。そのとき一緒に行こう。まずだな、トランクが盗まれてたら、もうどうしようもない。あるいはだな、置き去りにされていたなら、見つかるだろう。船がすっかり空っぽになれば、なおのこと見つけやすい。雨傘だって、同じことさ」。「この船のこと、詳しいんですか?」と、カールは、疑わしそうにたずねた。自分の持ち物を見つけるには、船が空っぽになったときが一番というのは、普段なら納得のいく考え方だが、どこかに罠が隠されているような気がした。「俺、この船のボイラーマンなんだよ」と、男が言った。「この船のボイラーマンなんですか!」。思いもよらなかったことを聞いたかのように、カールは喜んで叫んだ。片肘をついて男に近寄り、顔をじっと見た。「スロヴァキア人と相部屋だったんですが、その船室のすぐ前にのぞき窓があって、そこから機関室が見えたんです」。「ああ、そこで働いてたんだよ、俺」と、ボイラーマンが言った。「ぼく、ずっと機械のことに興味があったんです」と言って、カールは、ちょっと物思いに沈んだ。「こんなふうにアメリカに送られたりしていなければ、きっと将来、エンジニアになってたと思うんです」。「どうしてアメリカに送られることになったんだい?」。「ああ、それは!」と言って、カールは、話題をそっくり手でふり払った。ふり払いながらボイラーマンの顔を見て、告白しないけれど、どうかそれは大目に見てもらいたいとでもいうふうに微笑んだ。「まあ、きっとワケがあったんだろ」と、ボイラーマンが言った。そのワケを話せというのか、それとも、そんなもの聞きたくないのか、よくわからない。「ぼく、ボイラーマンになってもいいんだけど」と、カールが言った。「ぼくが何になろうと、両親にはもうどうでもいいんだから」。「俺、ボイラーマンやめるから、空きが出るぞ」。その言葉を嚙みしめるように、ボイラーマンは、両手をズボンのポケットに突っ込み、しわくちゃで革のような鉄褐色のズボンに差し込んでいる両脚を、ベッドの上に投げ出して、伸ばした。カールはもっと壁に寄るしかなかった。「船を降りるんですか？」。「そうさ。俺たち、今日、発つんだ」。「どうしてなんですか？　気に入らないんですか？」。「ああ、事情があってな。気に入るとか、気に入らないとかで、いつも決まるわけじゃない。しかし君の言う通りだ。実際、俺が気に入らないんだよ。君はさ、ボイラーマンになるって、本気で考えてるわけじゃないんだろ。でもな、そんなときにかぎって、じつに簡単になれるものなんだ。だからさ、俺は絶対にやめろと言うよ。ヨーロッパで勉強するつもりだったなら、どうしてこっちでも勉強しようと思わないんだ。アメリカの大学のほうが、比較にならないくらいヨーロッパの大学よりいいぞ」。「そうかもしれませんね」と、カールは言った。「でも、ぼく、大学に行くお金なんてないんです。誰かの本で読んだことがあるんだけど、昼間は店で働き、夜に大学に行って、博士になり、それから市長かなんかになった人がいるんですよね。でもそのためには、ものすごい忍耐力が必要でしょ？　そんな忍耐力、ぼくにはないんですよね。おまけに、特別に勉強ができる生徒でもなかった。学校やめるの、つらいなんて思わなかった。それにこちらの学校のほうが、きびしいかもしれない。英語も、ほとんどできないし。そもそもアメリカでは外国人に偏見がひどいと思うんです」。「もう経験ずみなのか、そういうこと？　だったら、よし。じゃ君は、俺の相棒だ。いいかな、この船はドイツ船だ。ハンブルク・アメリカ・ライン社のな。なのにどうしてドイツ人でもない奴が働いている？　どうして機関長がルーマニア人なんだ？　シューバルって奴だ。ワケがわからん。そのルーマニア野郎がだよ、ドイツ船で俺たちドイツ人をこき使ってるんだ！　いいかい」──ボイラーマンは息を切らして、手をゆらゆらさせた。──「文句言いたくて、文句言ってる、なんて思わないでくれ。君には何の影響力もない。おまけに、すっからかんの若者だ。それにしても、あんまりじゃないか！」。そう言ってテーブルを拳で何度かたたいた。その拳から目を離さずに。「これまで俺は、いろんな船で働いてきた」──そしてボイラーマンは、船の名前を立てつづけに20ばかり、ひとつの単語のように言った。カールはすっかり混乱した。──「でさ、すばらしい働きぶりだったから、ほめられたもんだ。いつも船長お気に入りの船員だったわけ。同じ貿易帆船にだよ、2、3年、乗ってたことさえある」——それが彼の人生の絶頂であるかのように、ボイラーマンは立ち上がった。——「ところがこのボロ船じゃ、何もかもが規則ずくめで、洒落たことひとつ要求されない。この船じゃ、俺は役立たずなのさ。この船じゃ、いつもシューバルの邪魔になり、怠け者で、放り出されて当然なのに、お情けで給料をもらってる、ってわけ。わかるかい？　俺にはわからん」。「そんなこと言わせちゃダメですよ」と、カールは興奮して言った。自分がゆらゆら揺れている船に乗っていて、知らない大陸の岸辺にいるんだという感覚を、ほとんど忘れていた。「それくらいボイラーマンのベッドは居心地がよかった。「船長のところへ行きました？船長にボイラーマンさんの権利を主張したんですか？」。「おお、出てって、出てってくれないか。ここにいてもらいたくない。俺の言うこと、ろくに聞かないで、忠告しようってのか。いったい、どうやって船長に会えってんだ！」。そう言ってボイラーマンは、うんざりして腰を下ろし、両手に顔をうずめた。

〈もっとましな忠告なんて、ぼくにできるわけないじゃないか〉と、カールは思った。そして、ここで忠告なんかしても、馬鹿にされるだけだから、むしろトランクを探しに行くほうがよさそうに思えた。父親から、「お前にやるよ」とトランクを手渡されたとき、「いつまでこいつを持ってるかな?」と、冗談で聞かれたが、今、もしかしたら、本当になくしてしまったのかもしれない。だが、たとえ父親が調べようとしても、トランクが今どうなっているか、父親にはわかりっこない。それだけが唯一の慰めだった。船会社としては、トランクはニューヨークまで一緒に運びました、としか言えないのだから。しかしカールには残念なことがあった。たとえば、もっと前にシャツを替えておくべきだったのに、トランクに入れた物にはほとんど手をつけなかった。つまり、つまらないところで節約していたのだ。今まさに、これから人生の出発というときには、清潔な身なりで登場するべきなのに、汚れたシャツのまま姿を見せることになるだろう。それ以外の点では、トランクをなくしたことは、そんなにまずいことではなかっただろう。というのも、いま身につけているスーツのほうが、トランクに入れていたスーツより、むしろ上等だったからだ。トランクのスーツは、もともと予備にすぎず、乗船の直前に繕ってもらわなければならなかったような代物だ。今、思い出したが、トランクにヴェローナ・サラミが1本入っていた。母親がおまけに詰めてくれたものだが、ほんのちょっとしか齧(かじ)れなかった。航海のあいだ、まるで食欲がなく、3等船客に配給されるスープでお腹いっぱいになっていたからだ。しかし今なら、あのサラミが手もとにあれば、ボイラーマンへ贈り物にできただろう。こういう連中は、何かちょっとした物をつかまされると、簡単に味方になってくれるものだから。そのことをカールは父親から教わっていた。父親は、葉巻を配ることによって、仕事関係の下級サラリーマンをみんな味方につけていた。今、カールが持っているもので贈り物にできそうなのはお金しかないが、トランクをなくしてしまったかもしれないので、そのお金には、さしあたり手をつけるつもりはない。ふたたびトランクのことを考えるようになった。今はトランクをあんなに簡単に置き去りにしてしまったのに、どうして同じそのトランクを、航海のあいだ、ほとんど寝るのも惜しんで見張っていたのか、今は本当にわからなかった。5日間の航海の夜を思い出した。カールの左側の2つ目のベッドに小柄なスロヴァキア人が寝ていたのだが、そいつにトランクが狙われているのではないかと、ずっと疑っていたのだ。ただそのスロヴァキア人は、カールが疲れてついに一瞬うとうとするのを待ちかまえていただけだった。昼間いつも遊んだり練習していた長い棒で、トランクを引き寄せようという魂胆だ。昼間、このスロヴァキア人は、悪意のない様子だったが、夜になるとたちまち、ときどきベッドから起き上がっては、悲しそうな目をカールのトランクに向けていた。そのことにカールははっきり気づいていた。というのも、移住する人間は不安なもので、いつもどこかで誰かが、乗船規則では禁止されていたのに、小さなロウソクをつけて、移住代理店のわかりにくいパンフレットを解読しようとしていたからだ。その明かりが近くにあれば、カールは少しはウトウトすることができたが、明かりが遠くにあったり、まっ暗なときには、目を開けていなければならなかった。その努力ですっかり疲れてしまったのだが、今となれば、まるで無駄な骨折りだったかもしれない。ブターバウムの奴め、どこかで会えば、タダじゃすまないぞ!

その瞬間、どこか遠くで、それまでの完全な静けさを破るように、子どもの足音だろうか、短く刻む小さな音が聞こえてきた。音が近づき、響きが強くなる。男たちの静かな行進だった。狭い通路では当然のことだが、どうやら一列になって歩いているらしい。武器が触れ合っているような金属音が聞こえる。カールはもうベッドに入り、体を伸ばして、トランクやスロヴァキア人のことをすっかり忘れて、眠りかけていたところだったが、驚いて飛び起きた。ボイラーマンをつついて、やっとのことで音に耳を澄ましてもらった。列の先頭が、ちょうどドアの前までやって来たらしい。「船のバンドだ」と、ボイラーマンが言った。「上のデッキで演奏して、これから荷造りに行くんだ。これで全部すんだ。俺たちも引き揚げることができる。さ、行くぞ！」。ボイラーマンはカールの手をつかみ、最後にベッドの上のほうの壁から額縁に入った聖母マリア像を外して、胸ポケットに詰め込み、自分のトランクをつかんで、カールといっしょに急いで船室を出た。

「これからオフィスに行って、お偉方に俺の考えを言ってやる。もう乗客はいないから、遠慮する必要はない」。このことをボイラーマンはいろんな言い方でくり返した。通路を横切っていくネズミを、歩きながら足を横に出して踏みつけようとしたが、ネズミはすばやく穴に飛び込み、難を逃れた。ボイラーマンはそもそも動作がのろい男だった。脚は長かったが、その脚が重すぎた。

調理場を通りかかった。女子が2、3人、汚れたエプロンを着けて——汚れた水をわざとエプロンにひっかけながら——食器を大きな桶のなかで洗っている。ボイラーマンは、リーネとかいう女子に声をかけ、腕を彼女の腰にまわし、ちょっとだけ連れて歩いた。リーネは、しきりに媚びるように体をボイラーマンの腕に押しつけている。

「これから給料もらうんだ。いっしょに来るか？」と、たずねた。「なんであたしが、わざわざ行かなきゃならないの。ここに持ってきてよ」と答えて、男の腕をすり抜け、その場を離れた。「そのイケメンの男の子、どこでひっかけたの？」とたずねたが、返事など求めていなかった。仕事の手を休めていた女子たちが、みんなで笑っているのが聞こえた。

ふたりがそのまま歩きつづけていると、目の前にドアがあった。ドアの上には切妻型の小さなひさしがついており、そのひさしを金メッキの小さな女神像の柱（カリアティード）が支えている。船の設備にしてはじつに贅沢に見えた。このあたりには一度も来たことがないことに、カールは気づいた。どうやら航海中は1等と2等の乗客にだけ開放されていたのだろう。今は船を大掃除する前なので仕切りドアがすべて外されているのだ。実際、ふたりはこれまでに2、3人の男に出会ったが、ホウキを肩にかついでいて、ボイラーマンに挨拶していた。カールは立派な設備に驚いた。彼のいた3等船室では、こういうものにお目にかかることは、もちろんほとんどなかった。通路に沿って何本も電線が引かれていて、小さなベルの音がしきりに鳴っていた。

ボイラーマンは、うやうやしくそのドアをノックした。そして「どうぞ」の声が聞こえると、手ぶりでカールに、怖がらずに入るようにうながした。カールは入ったが、ドアのところに立ったままでいた。船室には窓が3つあって、海の波が見えた。楽しそうな波の動きをながめているうちに、胸がドキドキした。まるで5日間ずっと海を見てきたのがウソみたいだ。大きな船と船がおたがいに進路を交差させ、船の重量が許す範囲内で、波のうねりに身をまかせている。目を細くすると、船が自分の重量のせいだけで揺れているように見えた。マストには、細いけれど長い旗がくっついていた。航海のせいで縮んではいたが、ときどきパタパタはためいている。おそらく軍艦からだろう、祝砲がとどろいた。それほど遠くはないところを通過している1隻の軍艦の、何本もの砲身が、その鋼鉄のマントの反射光をきらめかせながら、安定してなめらかだが、水平ではない航行のせいで、甘やかされてくすぐられた子どもみたいに軽く揺れている。小さな船やボートは、少なくともドアのところからだと、遠くに浮かんでいるものしか観察できなかった。大きな船と船のあいだに空いた水路に群れとなって吸い込まれていく。それらすべての背後にニューヨークが立っていた。そしてカールをじっと、摩天楼の何十万という窓を目にして見つめていた。そうだ、この船室にいると、自分がどこにいるのか、よくわかる。

円いテーブルをかこんで紳士が3人すわっていた。ひとりは、ブルーの制服を着た高級船員で、あとのふたりは、港湾局の役人で、アメリカの黒い制服を着ている。テーブルにはいろんな書類が山のように積み重ねられている。書類は、まず高級船員がペンを手にざっと目を通してから、ふたりの役人に渡す。ふたりは書類を読んだり、抜き書きしたり、書類かばんに入れたりしている。ひとりは、しきりに小さな歯音を立てているのだが、書類を受け取るとすぐ、もうひとりに何かを調書に書き取らせていることもある。

窓のそばのデスクのところには、背中をドアに向けて、どちらかといえば小柄な紳士がすわって、二つ折り判の大きな書類と格闘している。書類は、その紳士の目の前にある、がっしりした本棚で、頭の高さのところに並んでいた。紳士の横では小型の金庫が口を開けている。ちょっと見たかぎりでは空っぽだった。

2つ目の窓の前には何も置かれていなかったので、外が一番よく見えた。3つ目の窓の近くでは、2人の紳士が低い声で立ち話をしていた。一方は窓のそばにもたれ、同じように船員の制服を着て、サーベルの柄をいじくっている。もう一方のほうは、窓のほうを向いていた。ときどき動くので、相手の胸に並んでいる勲章の一部がちらっと見えた。こちらのほうは民間人で、細身の竹のステッキを持っている。両手を腰にそえているので、ステッキがサーベルのように突き出ていた。

カールには、すべてをじっくり見る暇がなかった。というのも、すぐに給仕が近づいてきて、ボイラーマンに、場違いな人ですね、とでも言いたげな視線で、「ご用件は？」とたずねたからだ。ボイラーマンは、自分が質問されたのと同じように小さな声で、「会計主任と話したいんだ」と答えた。給仕は、彼としては手を振ってその願いを拒絶したけれど、しかし爪先立ちで、円いテーブルを大きく迂回して、二つ折判の書類の紳士のところへ行った。その紳士は、――はっきり見てとれたが――給仕の言葉を聞いてまさに体をこわばらせたが、話したいと言っているボイラーマンのほうをふり向いて、激しく拒絶するように手を振り、念のため給仕に向かっても手を振った。そこで給仕はボイラーマンのところへ戻ってきて、秘密でも打ち明けるような調子で言った。「さっさとこの部屋からお引き取りを！」

ボイラーマンは、その返事を聞いて、カールを見下ろした。まるで、自分の苦しみを黙って訴えている恋人であるかのように。ろくに考えもせずカールは急いだ。走って部屋を横切ったので、高級船員の椅子をかすめさえした。給仕は、カールを捕まえようとして、害虫を追っているかのように体をかがめ、両腕をひろげて走った。だがカールが一番最初に会計主任の机にたどり着き、その机にしがみついた。給仕がつまみ出しにきたときに備えて。

もちろんすぐに部屋全体がいろめいた。テーブルについていた高級船員は、飛び上がった。港湾局の紳士ふたりは、落ち着いていたが注意深くながめている。窓のそばにいたふたりの紳士は、並んでこちらに足を向けている。給仕は、すでにお偉方たちが関心をもったのだから、自分の出る幕ではないと思って、引き下がった。ボイラーマンは、自分の助けが必要になる瞬間を、緊張して待っていた。ようやく会計主任が自分のアームチェアをぐるっと右に回転させた。

カールは隠しポケットのなかをごそごそ探した。隠しポケットがここにいる連中の視線にさらされても構わなかった。パスポートを取り出すと、自己紹介がわりに開いて、机の上に置いた。会計主任は、そのパスポートに意味はないと思ったらしい。というのも、2本の指でつまんで脇にどけたからだ。するとカールは、この形式的な手続きで満足されたとでも思ったのか、パスポートをしまいこんだ。

「失礼ですが」と、カールが話しはじめた。「ぼくの考えでは、ボイラーマンさんは不当に扱われています。この船にいる、シューバルとかいう人のせいなんです。ボイラーマンさんは、これまでたくさんの船で、申し分のない仕事をしてきました。船の名前なら、全部言えますよ。働き者です。自分の仕事を大事にしています。だから本当にわからないんです。どうしてこの船にかぎって、うまくいかないのか。この船の仕事は、たとえば貿易帆船なんかと比べると、びっくりするほどむずかしいわけじゃありませんよね。だから、うまくいかないのは、悪口を言われてるからですよね。悪口のせいで、昇進の邪魔をされ、実力が認められない。普通なら当然、認められるべき実力だと思うんですが。ぼくは一般論としてお話ししただけです。苦情はひとつひとつ、ボイラーマンさんが自分で話すと思います」。カールは、ここにいる紳士全員に向かってこの演説をした。なぜなら実際、みんなが聞いてくれていたし、また、みんなのなかに正義の人がいる確率のほうが、正義の人がまさしく会計主任である確率より、はるかに高いと思えたからだ。それにカールは抜け目なく、ボイラーマンとはつい先ほど知り合ったばかりだということは、黙っておいた。ちなみに、もしも例の竹のステッキを持った紳士の赤ら顔が気になっていなければ、もっと上手に話せたかもしれない。カールが今いる場所から、その顔がはじめて見えたのだ。

「今の話は全部、一字一句そのままです」と、ボイラーマンが言った。まだ誰からも質問されていないのに、いや、それどころか、誰からも見向きもされていないのに。ボイラーマンのせっかちな反応は、すでに勲章の紳士が明らかにボイラーマンから話を聞こうという気になっていなかったなら、大失敗だったかもしれない。ともかくこの紳士が船長なのだと、カールは今、気がついた。紳士は手を伸ばしてボイラーマンに声をかけた。「さ、こちらへ！」。ハンマーで一撃するような断固とした声だ。今やすべてはボイラーマンの態度しだいだ。ボイラーマンの言い分の正しさについて、カールは疑っていなかった。

幸いこの機会に、ボイラーマンがしっかり世慣れた男であることが示された。お手本にしたくなるほど落ち着いて、小さなトランクから書類の小さな束と手帳をさっと取り出し、それを持って、当然のような顔をして会計主任をまるで無視して、船長のところへ行き、窓敷居の上に証拠書類をひろげた。会計主任も仕方なくそちらに行った。「この男、不平屋で有名なんですが」と言って、会計主任が説明した。「機関室より会計にいることのほうが多いんです。シューバルは穏やかな人間ですが、その彼をすっかり絶望させちゃったのです。いいか、よく聞くんだ！」と、ボイラーマンのほうを向いた。「君、厚かましいにも程がある。会計窓口から何度、追い出されれば気がすむんだ? まったくもって飽きもせず、不当な要求をするもんだから、当然だろ! 君は何度、会計窓口から会計本部へ駆け込んできたことか! 何度も親切に言われたはずだが、シューバルが君の直接の上司なんだ。部下である君は、シューバルと話をつけるだけで我慢するべきなんだよ! それなのに今はさ、船長さんがおられるこんなところにまで押しかけてきて、船長さんまで煩わせて恥ずかしいとも思わない。それどころか厚顔にも、そこの坊やにだよ、君のくだらん訴えを丸暗記させて、代弁させるとはな。だいたいその坊や、はじめてこの船で見る顔だぞ!」

カールは飛びかかりたいのを必死にこらえた。しかしすでに船長もその場にいたわけで、こう言った。「ともかくこの男の言い分を聞こうじゃないか。シューバル君は、いずれ、身勝手な真似ばかりするようになるだろうな。とはいえ、君の肩をもったつもりはないからね」。後半の言葉はボイラーマンを意識していた。もちろん、船長がすぐにボイラーマンに肩入れできないことは、当然だ。だが、すべてが順調に運んでいるように思われた。ボイラーマンが説明をはじめた。最初からシューバルを「さん」づけで呼んで、気持ちを抑えた。会計主任が自分のデスクから離れていたので、カールは非常にうれしかった。手紙用の秤が楽しくてたまらず、指で押すことをくり返した。――〈シューバルさんは、不公平なんです！　シューバルさんは、外国人をえこひいきするんです！　シューバルさんは、ボイラーマンの私を機関室から追い出して、トイレ掃除をさせました！　もちろんそれは、ボイラーマンの仕事ではありません！〉――シューバル氏が有能であることさえ疑問視されたことがあった。〈有能そうに見えるだけであって、実際はそうではないのです〉。その箇所でカールは、全身の神経を集中させて船長を見つめた。まるで自分が船長の同僚であるかのように、甘えるような目で。ただそれは、ボイラーマンが不適切な表現をしたために、船長がボイラーマンに不利な判断をすることを回避するためだった。ともかく、たくさん話を聞かされたが、誰も要領を得なかった。船長は、あいかわらず前を見ていた。今回はボイラーマンの話を最後まで聞いてやろう、という決意が目に浮かんでいた。けれどもほかの紳士たちは我慢できなくなってきた。ボイラーマンの声が部屋を支配していたが、やがてその支配は限定的なものになっていき、いろんなことが心配になってきた。まず最初に私服の紳士は細身の竹のステッキを動かしはじめ、寄せ木張り（パルケット）の床をコツコツと小さな音でたたいている。ほかの紳士たちは当然、ときどきそちらを見ている。港湾局のふたりの紳士は、急ぎの仕事なのだろう、ふたたび書類を手にとり、まだちょっと心ここにあらずのまま書類に目を通しはじめた。高級船員は、自分のテーブルに戻りかけている。会計主任は、自分に勝ち目があると信じていて、アイロニーのまじった深いため息をついている。みんな気が散りはじめているのに給仕だけは例外らしく、お偉方たちにかこまれた哀れな男の苦悩に少しは共感して、まじめな顔でカールにうなずいている。まるでそれで何かを説明しようとしているかのように。

そのあいだにも窓の外では港が動きつづけていた。樽を山のように積んだ平底の貨物船が通り過ぎて、船室がほとんどまっ暗になった。樽が転がり落ちないように、きっと上手に積んでいるのだろう。小さなモーターボートが音を立てて、舵のところに直立している男の両手の痙攣にしたがって一直線に走っていく。カールに今、時間があったなら、モーターボートを詳しく見ることができたのだが。奇妙な浮遊物が、たえず動いている水面からときどき浮かび上がっては、すぐ波にのまれ、驚いている目の前で沈んでいく。外洋汽船のボートが何艘も前進している。水夫たちが懸命に櫓を漕いでいる。ボートに詰め込まれた鈴なりの乗客は、期待に胸をふくらませて静かにすわっている。なかには、変わっていく景色を追って首を回している乗客もいたけれど。港は、ずっと動いている。落ち着くことがない。落ち着くことがない水(エレメント)が、助けのない人間たちとその制作物に伝染している！　しかし、あらゆることが、急げ、はっきりさせろ、もっと詳しい説明を！と警告していた。しかし、ボイラーマンは何をしていたのか？　なるほど、しゃべっているうちに汗をかいた。窓敷居の上の書類はとっくの昔に、震える手では押さえきれなくなっていた。四方八方からボイラーマンのところにはシューバルに関する苦情が押し寄せている。ボイラーマンの考えでは、そのどのひとつだけでも、シューバルの奴を葬り去るのに十分だ。しかし、ボイラーマンが船長に提示できたのは、何もかもごちゃ混ぜになった、みじめな渦巻きでしかなかった。ずっと前からもう、竹のステッキの紳士は、天井に向かってそっと口笛を吹いている。港湾局のふたりの紳士は、高級船員を自分たちのテーブルにつかまえていて、解放する気配を見せていない。会計主任が口出しせず我慢しているのは、明らかに、船長が落ち着いているからにすぎない。給仕は、「気をつけ」の姿勢で、船長がボイラーマンに関する命令を出すのを、今か今かと待ちかまえている。

カールはじっとしていられなかった。そこでゆっくりと船長たちのほうに歩いていった。歩いたぶんだけ、考えるスピードが上がった。どうやったら、できるだけうまく問題に取り組むことができるだろうか。本当に今しかない。ほんのわずかの時間で、ふたりともオフィスからうまく飛び出すことができた。船長はいい人のようだ。それに、カールが見たところ、今は何か特別の理由があって、公正な上司であるところを見せたいようだ。けれども結局は船長だって、どんな曲でも演奏できるような楽器ではない。——それなのに船長をそんな楽器だと思って、ボイラーマンはしゃべっている。おまけに心の底から抑えがたい怒りにまかせて。

というわけでカールはボイラーマンに言った。「もっと簡単に話さなくちゃ。もっとはっきりわかるように。今の話し方だと、船長さんには伝わらないんですよ。機関士や使い走りの少年の名前を全部、しかも洗礼名まで、知ってるわけないでしょう。だからね、そんな名前をひとつ聞かされただけじゃ、誰のことなのか、わかりっこない。だからね、言いたいことを整理して、一番大事なことを最初に言うんです。大事なことから言って、そうじゃないものは後回しにする。そうやれば、もう、あんまり言う必要がないかもしれませんよ。たいていのことは、ちょっと触れるだけでいい。ぼくにはいつも、はっきりわかるように説明してくれたじゃないですか！」。アメリカではトランクが盗まれるのだから、ときどきウソぐらいついてもいいだろう。そんな言い訳をカールは考えた。

忠告が役に立てばいいんだけど！　いや、もう手遅れだったかな？　ボイラーマンは、聞き覚えのある声を耳にしたとたん、話を中断した。けれども、屈辱を受けた男の名誉や、不愉快な思い出や、現在の窮状のせいで流した涙で、目がかすんでいたので、カールをちゃんと見分けることさえできなかった。なんで今ごろになってこの俺が——今、黙っているボイラーマンを前にして、カールは黙って了解した。——なんで今ごろになってこの俺が、しゃべり方を変えにゃならんのだ。言うべきことは全部、まるっきり認めてもらえなかったが、俺なりに、話したように思う。だがその一方、俺はまだ何も言ってない気がするんだが、これからお偉方に残らず聞いてくれと要求もできない気がしてる。そしてそんなタイミングに、たったひとりの味方であるカールが出てきて、忠告しようとしたのだ。しかしボイラーマンには、忠告するかわりに、何もかも、何もかもダメだった、と教えたのだ。

〈窓の外なんか見物してないで、もっと早く来るんだった〉と思って、カールはボイラーマンの前でうなだれた。そして、あらゆる希望が終わったというしるしに、ズボンの縫い目を両手でたたいた。

けれどもボイラーマンはそれを誤解した。自分に対してカールが暗に何か非難しているのではないか、と臭いを嗅ぎつけた。そしてその非難を撤回させようと考えて、ボイラーマンは自分の抗議行動のクライマックスとして、カールと言い争いをはじめた。円いテーブルについている紳士たちは、その無駄な騒動が自分たちの大事な仕事の邪魔になっていると、さっきから腹を立てていた。会計主任は、我慢づよい船長のことがしだいに理解できなくなって、今にも爆発しそうだった。給仕は、主人である紳士たちの側に完全に戻っていて、荒々しい視線でボイラーマンをじろじろ見ていた。そして最後に、竹のステッキの紳士は、船長までからも親しそうな視線をちらちら送られていたのだが、ボイラーマンにはすっかり興味をなくし、それどころか嫌悪を感じて、小さな手帳を取り出した。そして、どうやらまったく別の用件のことを考えているらしく、目を手帳とカールのあいだで往復させている。

「わかってるよ、わかってるよ」と、カールが言った。自分に向けられたボイラーマンの口撃に抵抗しようと苦労した。にもかかわらず、どんなに言い争っても、ボイラーマンに対する友情の微笑みは忘れなかった。「うん、そうだよ、そうだよ。ぼく、それを疑ったこと一度もないんだから」。なぐられるのが怖かったから、ふり回されている手を止めたかった。いや、できることなら、むしろボイラーマンを部屋の隅に追い込んで、ほかの誰にも聞こえない小さな声で、ボイラーマンを落ち着かせる言葉を2つか3つささやきたかった。けれどもボイラーマンはすっかり取り乱していた。切羽詰まって絶望のあまり力ずくで、部屋にいる7人の男全員を制圧できるのではないか。そんなふうに考えることによって、カールは今、慰めのようなものさえ感じはじめていた。たしかにデスクの上には、ちょっと目をやればわかるように、電気回線の押しボタンが鈴なりにくっついている台がある。押しボタンをちょっと押すだけで、敵意をもった人間たちがあふれている通路もろとも、船全体に反乱を起こすことができるのだ。

そのとき、まるで無関心だった竹のステッキの紳士が、カールに近づいて、ひどく大きな声ではないけれど、ボイラーマンが叫び散らしていてもはっきり聞こえる声で、たずねた。「ところであなた、お名前は？」。その瞬間、まるでその紳士がそう言うのをドアの向こう側で誰かが待っていたかのように、ノックの音がした。給仕が船長の顔をうかがうと、船長がうなずいた。そこで給仕はドアのところへ行き、ドアを開けた。外には古い皇帝服(フロックコート)を着た、中肉中背の男が立っていた。外見からすると、まるで機関の仕事には不向きだが、じつは――シューバルだった。みんなが、ある意味、ようやく満足した目になり、船長ですら例外ではなかったが、そのことでカールは、シューバルの登場に気づかなかったとしても、ボイラーマンの様子を見て、気がついて驚いたことだろう。ボイラーマンは、腕に力を入れて拳を固めている。まるで、固めた拳が一番大事なものであり、そのためには自分の命のすべてを犠牲にしてもいいと思っているかのようだ。今はその拳に、ボイラーマンのすべての力がこもっていた。ボイラーマンの背筋をぴんと伸ばしている力も、こもっていた。

つまり敵が登場したのである。さっそうと礼服を着こなして、脇に帳簿を抱えている。おそらくボイラーマンの賃金表と勤務表だろう。そして、皆様のご機嫌をおひとりずつ伺わせていただきますね、という顔で遠慮もせずに、みんなの目を順番に確認していった。7人ともすでに彼の味方だった。さっき船長がシューバルをちょっと非難したとしても、あるいは非難のふりをしただけかもしれないが、船長がボイラーマンから被った苦痛を考えれば、おそらく船長にはもうシューバルに対して文句はまったくないようだ。ボイラーマンのような男には、どんなに厳しくしても厳しすぎることはない。シューバルに非難すべき点があるとすれば、反抗的なボイラーマンを航海中に手なずけることができなかったということである。だからボイラーマンは今日も厚かましく、船長のいるところに怒鳴り込んできたわけだ。

さて、こんなふうに想定できるかもしれない。ボイラーマンとシューバルの対決は、上級審を前にしたときの結果を、ここにいる人たちを前にしても見せるにちがいないだろう、と。というのも、シューバルがうまくうわべを装うことができても、絶対に最後まで装いつづけることはできないはずだからだ。シューバルのタチの悪さをちらっと見せるだけで、ここの紳士たちはそれに気がつくだろう。そういうふうにしてやろうとカールは思った。ちなみにカールはすでに、紳士たちひとりひとりの洞察力を、弱さを、気まぐれを把握していた。その点からすると、これまでここでムダにした時間もムダではなかった。ただボイラーマンがもっとうまく立ち回ってくれればいいのだが、ボイラーマンには戦闘能力が完全に欠けているようだ。目の前でシューバルを押さえつけてやれば、ボイラーマンは憎っくきその頭蓋骨を拳でなぐりつけてやれただろう。けれどもシューバルに2、3歩近づくことさえ、ボイラーマンにはまず無理だっただろう。どのみちシューバルは、自分から進んでではないにしても、船長に呼ばれて、やって来るにちがいない。こんなに簡単に予想できることを、どうしてカールは予想しなかったのか。どうして、こちらにやって来る途中でボイラーマンと相談して戦いのプランを練らなかったのか？　そのかわりにふたりは、救いがたいほど何の準備もしないまま、ドアがあったから、そこから入ってしまったのだ。そもそもボイラーマンはちゃんと話ができるのだろうか？　イエスとノーをはっきり言えるのだろうか？　もっともそれは、事がもっともうまく運んだ場合にかぎって、やりとりされる尋問のときに必要になることだが。ボイラーマンは、突っ立っている。脚をひろげて、頼りなさそうな膝で、頭をちょっと上げて、ぽかんと開けた口を空気が出入りしている。まるでその奥には、呼吸する肺がないかのようだ。

しかしカールは、自分がとても元気で、頭もさえていると感じていた。故郷の家では感じたことがなかったかもしれない。ああ、こんなカールを両親に見せることができれば。異国で、お歴々の前で、良いことをしようと奮闘しているのだ。まだ勝利を収めたわけではないが、究極の征服まで準備は完璧なのだ！　両親は、カールを見直してくれるだろうか？　カールを自分たちのあいだにすわらせて、ほめてくれるだろうか？　親に逆らったりしないカールの目を、はじめて、はじめてのぞき込んでくれるだろうか？　自信のない子がする質問だ。おまけに、そんな質問をするなんて、じつにタイミングが悪い！

「やって参りましたのはですね、私のことは信用ならないと、ボイラーマンが文句を言っているのではないかと思いまして。調理場の女の子に教えてもらったのです。ボイラーマンがこちらに向かっているところを見かけた、と。船長さん、それに皆さん、私にはですね、どんな非難にも反論する準備ができております。手もとに書類を用意しております。必要があれば、公正中立な証人をドアの外に待たせておりますから、証言してもらえます」。こんなふうにシューバルがしゃべった。たしかにそれは、ひとりの男の明快な弁舌だった。聞き手の表情が変わったところから判断すると、時間がたってようやくみんなが人間の声を耳にしたのだ、と思ってもよさそうだった。もちろんみんなは、このみごとな弁舌にさえ穴があることに気づかなかった。どうしてシューバルは最初に、「信用ならない」という実務的な言葉を思いついたのか？もしかすると非難を、ルーマニア人に対する偏見ではなく、「信用ならない」という点に向ける必要でもあったのかもしれない？　調理場の女の子が、オフィスに向かっているボイラーマンの姿を見て、シューバルがすぐに事情を理解した？　そんなことに頭が回ったのは、シューバルに罪の意識があったから？　おまけに証人たちをすぐに連れてきて、そのうえ公正中立な証人だとまで言っている？　ペテンだ、ペテン以外の何ものでもない！　なのに、ここの紳士たちはそれを黙認し、正しい対応だと認めさえしている？　どうしてシューバルは、調理場の女の子に知らせてもらってから、ここにやって来るまでに、明らかにこんなに時間をかけたのか？　その目的はほかでもない、ボイラーマンがここの紳士たちを疲れさせるためだ。疲れてうんざりすると、ちゃんと判断する力が次第になくなる。ちゃんとした判断力をシューバルは何よりも恐れているのだから。シューバルはきっと、ドアの向こう側でずっと長いあいだ待っていたんだ。あの紳士がどうでもいい質問をしたので、ボイラーマンの件が用済みになったらしい、と思えるような瞬間になってはじめてノックしたのではないか？　すべてが明らかだった。当のシューバルからも本人の意向に反して思わず事情が説明された。けれども紳士たちには別の説明が、もっとわかりやすい説明が必要だ。紳士たちの目を覚まさなければならない。だから急げ、カール、ともかく今この時をしっかり使うんだ！　でないと証人たちが登場して、なにもかもメチャクチャにしてしまうぞ。

だがまさにそのとき、船長がシューバルに下がるようにと合図した。合図されたシューバルは、――自分の用件がしばらく棚上げにされたと思ったので――さっと脇へ下がった。そして、すぐにシューバルの味方になっていた給仕と小声でおしゃべりを始めた。おしゃべりのあいだ、ふたりはちらちらボイラーマンとカールを横目で見たり、自信たっぷりに手を動かしていた。そんなふうにしながらシューバルは、次の大演説の練習をしているようだった。

「ヤーコプさん、こちらの若者に何かおたずねになったのでは？」。静まり返っている船室で、船長が竹のステッキの紳士にたずねた。

「ええ、そうなんです」と言って、紳士は小さく会釈して気配りに感謝した。それからあらためてカールにたずねた。「ところでお名前は？」

くり返し質問されるという突発事故は、さっさと片づけたほうが、本題にも好都合だとカールは思った。いつもならパスポートを見せて自己紹介をするのだが、まずそのパスポートを探さなければならないので、手短に答えた。「カール・ロスマンです」

「だったら」と言って、ヤーコプと呼ばれた紳士はまず、ほとんど信じられないという微笑を浮かべて、後ろに下がった。船長も、会計主任も、高級船員も、それどころか給仕までもが、カールの名前を聞いて、飛び上がらんばかりの驚きを隠さなかった。ただ、港湾局の紳士ふたりとシューバルだけは無関心だった。

「だったら」とくり返して、ヤーコプ氏は、ちょっとぎこちない足取りでカールに近づいた。「だったら、私は君の伯父のヤーコプで、君は私の甥だ。さっきからずっと、そうじゃないかと思っていたんだよ！」と、船長に向かって言ってから、カールを抱いてキスをした。カールはすべて黙って、されるがままにした。

「お名前は？」とカールは、体を離されたことを感じてから、たずねた。非常に丁重に、だがまったく無感動に。そして、この新しい出来事がボイラーマンにどんな結果をもたらすだろうか、懸命に予測しようとした。さしあたり、シューバルにこの件を利用されそうな心配はなかった。

「これはね、あなたにとって幸運なことなんですよ」と、船長が言った。カールの質問がヤーコプ氏の体面を傷つけてしまったと思ったのだ。ヤーコプ氏は窓のほうを向いて立っていた。どうやらヤーコプ氏は、いずれにしてもハンカチで拭っていたが、興奮した顔を人に見られたくなかったようだ。「上院議員のエドワード・ヤーコプさんなんですよ。あなたの伯父だと名乗られた方は。あなたには今から、たぶん思ってもみなかったような輝かしい未来が待っているんです。このことは、できるだけ最初のうちに、理解しておくんです。さあ、しっかりするんです！」

「たしか、ぼくにはアメリカにヤーコプという伯父さんがいます」と言って、カールは船長のほうを向いた。「でも、さっき聞いたところでは、ヤーコプって、上院議員さんの姓なんですよね」

「そうだよ」と言って、船長は顔を輝かせた。

「ところで、ぼくの伯父さんのヤーコプは、ぼくの母のお兄さんで、洗礼名がヤーコプっていうんです。で、姓のほうは、もちろんぼくの母の姓と同じはずで、母の旧姓はベンデルマイヤーなんですよ」

「皆さん」と、上院議員が呼びかけた。窓のところで落ち着いて、元気になって戻ってきた。カールの説明を聞いて声を上げたのだ。港湾局の役人ふたりを除いて、みんながどっと笑った。感動しているような者もいれば、本心が読めない者もいる。

〈そんなにおかしなことかな、ぼくの言ったこと。絶対おかしくなんかないのに〉と、カールは思った。

「皆さん」と、上院議員がくり返した。「お嫌かもしれないし、私にとっても不本意ですが、ちょっと家族の話におつき合いください。皆さんには、どうしても説明しておきたいことがあるわけで。ええっと、船長さんだけは事情を」――と言ったところで、ふたりはお辞儀をかわした。――「すっかりご存知だと思うのですが」

〈さあ、本当にひと言も聞き逃すわけにはいかないぞ〉と、カールは思った。脇のほうを見ると、ボイラーマンの姿に元気が戻りはじめていたので、喜んだ。

「私はですね、長年のアメリカ滞在のあいだずっと――いや、私は心の底からアメリカ市民なので、滞在という言葉はここでは不適切ですが。――長年のあいだずっとアメリカで、ヨーロッパにいる親族とは絶縁したまま暮らしています。その理由はですね、まず第1に、ここでお話しすべきことではありませんので。第2に、それをお話しすれば、私自身が、あまりにもひどく傷ついてしまうわけで。それどころか、大事な甥に話さなければならない日が来るのではないか、と思うだけで気が重くなる。そのときには残念ながら、甥の両親やその身内のことも隠さず話すことが避けられなくなるでしょう」

〈ああ、伯父さんだ、絶対に〉と思って、カールは耳をそばだてた。〈おそらく名前を変えたんだろう〉

「ここにいる甥はですね、両親に――事実をありのままに伝えるために、こんな言葉を使いましょう――ポイと捨てられちゃったのです。怒った猫がドアから放り出されるみたいに。私はですね、甥がやったことを美化する気なんて、まったくありません。こうやって罰を受けたわけですから。ですがね、甥の落ち度といっても、それを話すだけでその弁解になる程度の落ち度なもので」

〈いいね〉と、カールは思った。〈でも、みんなに話されるのは嫌だな。ところで伯父さんが知ってるわけないんだけど。誰に聞いたんだろう？〉

「つまり、この甥はですね」と、伯父が話をつづけた。こういう問題はどうしても仰々しくなってしまうものだが、上院議員が細身の竹のステッキにちょっと体をもたれかけさせたので、実際うまい具合に不必要な仰々しさが消えた。「つまり、この甥はですね、女中に、ヨハナ・ブルマーという名前で、35歳くらいの女なんですが、誘惑されたんです。〈誘惑〉なんて言葉で、甥の気持ちを傷つけるつもりは、まったくないんですが、同じくらいピッタリした別の言葉、見つけるのがむずかしいもので」

カールは、もう伯父のずいぶん近くまで来ていたのだが、そこでふり向いて、この話があたえた印象をその場にいる人たちの顔から読み取ろうとした。誰も笑っていない。みんな、じっと真剣に聞いている。結局、話をはじめて聞かされたときに、上院議員の甥のことを笑う者はひとりもいなかった。どちらかといえば、たしかにこう言えたかもしれない。ボイラーマンが、ちらりとではあるが、カールに微笑みかけた、と。しかしそのことは、まず、元気になったしるしとして喜ばしいことだった。それに、許せないことではなかった。なにしろカールが、この船室で、今ではみんなの知るところとなった話だけは、特別の秘密にしておこうと思っていたのだから。

「で、そのブルマーがね」と、伯父がつづけた。「甥の子どもを産んだんです。丈夫な男の子で、洗礼のときにヤーコプという名前をつけられた。不肖この私にちなんで、ということに疑いはありません。きっと甥がたまたま私のことに触れただけなのに、その女中には強い印象をあたえたにちがいない。幸いなことに、と私はつけ加えておきます。というのも、甥の両親は、養育費の支払いや、それ以外にも自分たちの身にまで押し寄せるスキャンダルを避けるためにですね、――ここで強調しておきますが、私は、あちらの土地の法律も、ほかにも甥の両親の暮らしぶりなんかも、知りませんが――要するに、甥の両親は、養育費の支払いやスキャンダルを避けるために、自分たちの息子、つまり私の甥をアメリカに移送させたわけです。ご覧のように、無責任にも、ろくな身支度もしてやらずに。ですからこの子は、なんとかアメリカに生き残っている神の、しるしと奇蹟がなかったなら、誰ひとり頼れる者もなく、きっとすぐにニューヨークの港の路地で落ちぶれていたことでしょう。ところが、なんとその女中が、私に手紙を書いていたのです。その手紙は、長い間あちこちさまよって、おととい私のところに届いたのですがね、それまでの経緯だけでなく、甥の顔や背格好や特徴のほかに、賢明にもですよ、乗せられた船の名前まで書いていたわけです。皆さん、もしも興味がおありなら、その手紙はおもしろいので」――ポケットから、びっしり書き込まれた大判の便箋を2枚取り出して、振って見せた。――「2、3か所、ここで読んでもかまいませんが。きっと感動すると思いますよ。なにしろこの手紙、善意のこもった抜け目なさをもって書かれておるのです。いささか単純な抜け目なさですがね。それに、わが子の父親へ深い愛情をもって書かれておるのです。ですが、それから先の話は、事情の説明には不必要なので、楽しんでいただかなくていいでしょう。それにですね、甥を迎えるにあたって、甥の気持ちをさらに傷つけるつもりもありませんので。手紙は甥が読みたいなら、部屋を用意してやるので、ひとりで静かに読んで事情を知ればいいんです」

しかしカールは、あの女中に何の感情もなかった。ひしめき合いながら、どんどん後退していく過去のなかで、女中が台所の食器戸棚の横にすわり、その棚板に肘をついている。台所にときどき出入りするカールを、じっと見ていた。カールは水を飲む父親のためにグラスを取りに来たり、母親に頼まれたことをしていた。女中は、ときどき面倒な姿勢になって食器戸棚の横で手紙を書いていた。カールの顔を見ると、書くことが浮かんだ。ときどき目を手で隠していたが、そのときは、どんなに呼びかけても返事がなかった。ときどき台所の横の自分の狭い小さな部屋でひざまずいて、木の十字架に祈っていた。そんなときに通りかかったカールは、少し開いているドアのすき間から、おずおずと女中を観察した。ときどき女中は台所を走り回り、カールに邪魔されると、魔女のように笑いながら、さっと後ずさりした。ときどき、カールが入ってくると、台所のドアを閉めて、カールが帰りたいと言うまで、ドアノブから手を離さなかった。ときどき、カールがまるでほしくもない物を用意していて、黙ってカールの手に押しつけた。ところが、あるとき、「カール」と言った。思いがけないときに声をかけられてとまどっているカールを、顔をゆがめハアハア言いながら、自分の小部屋に連れ込んで、鍵をかけた。息ができないほど強くカールの首を抱きしめて、服を脱がせてと頼みながら、女中のほうがカールの服を脱がせ、カールをベッドに寝かせた。もう今から誰にも渡さないわよ、この世の終わりまで、なでて世話してあげるからね、という勢いだった。「カール、あたしのカール！」と叫んでいた。カールを見て、自分のものだと確かめているかのようだ。ところがカールのほうは、何ひとつ見えなかった。何枚もの暖かい布団のなかに埋まって居心地が悪かった。カールのために特別に積み重ねておいた布団らしい。それから自分もカールのそばに寝て、カールの秘密を聞き出そうとした。けれどもカールが何も言えなかったので、冗談なのか本気なのか、怒って、カールを揺さぶった。カールの心臓に耳をあて、自分の胸を差し出して、同じように聞いてみろと言った。しかしカールに断られたので、裸のお腹をカールの体に押しつけ、手でカールの股間をさぐった。あまりにも不快だったので、カールが頭と首をふって枕を遠ざけると、お腹を2回、3回、カールにぶつけてきた。——カールは、女中の体が自分の体の一部であるかのような気がした。もしかしたらそれが理由で、どうしても助けが必要だという気持ちに襲われたのかもしれない。「また会いたいわ」と何度も言われてから、泣きながらカールは、ようやく自分のベッドに戻った。以上が、起きたことのすべてであり、伯父は、それをすばらしい物語にするすべを心得ていた。つまり、女中がカールのことを思って、カールの伯父にカールの到着を知らせてきていたというわけだ。女中の行動はすばらしかったので、伯父としては、そのうち女中にそのお礼をすることになるだろう。

「で、さて」と、上院議員が大きな声で言った。「私は君の伯父なのか、そうでないのか。君の口からはっきり聞かせてもらいたい」

「ぼくの伯父さんです」と言って、カールは上院議員の手にキスをし、そのお返しに額にキスされた。「とてもうれしいです。伯父さんに会えて。でも、両親が伯父さんの悪口ばっかり言っていた、と思うなら、それは誤解です。でもそれは別にして、伯父さんの話には間違いがいくつかありました。つまりですね、話されたこと全部が全部、本当に起きたわけじゃないということです。実際アメリカにいると、そんなにきちんと判断できないんですよね。でも、ここの皆さんには大して関係のないことで、細かい点がちょっと不正確に伝わったとしても、とくに害はないと思うんです」

「よく言った」と言って、上院議員はカールを、見るからに共感している船長のところへ連れていって、たずねた。「どうです、すばらしい甥でしょ?」

「光栄です」と言って、船長は、軍隊で訓練を受けた人間にしかできないようなお辞儀をした。「上院議員の甥御さんとお知り合いになれて。この船が、こういう出会いの場を提供することができ、じつに名誉なことです。しかし3等船室での旅は、さぞかしひどいものだったでしょう。でもですね、どういう人を乗せているのか、誰にもわかりませんので。私どもとしては、3等船室のお客様にもできるだけ快適な旅をしていただけるよう、できるかぎりのことをしているんです。たとえばアメリカの船会社なんかより、はるかに努力しています。ですが、3等船室での旅を楽しいものにすることは、まだまだできておりません」

「そんなにひどくなかったですよ」と、カールが言った。

「そんなにひどくなかったですよ！」と、大きな声で笑いながら上院議員がくり返した。

「でも、ぼく、トランクなくしちゃったみたいで——」と言って、カールは、これまでに起きたこと、それからまだやり残していることを残らず思い出して、まわりを見回した。その場にいた人はみんな、カールに目を注いで、敬意と驚きのせいで黙ったまま、以前いた場所から動かないでいる。ただ、港湾局の役人ふたりは、自己満足した厳しいその表情から読み取れるかぎり、じつにまずい時にやって来てしまったな、と残念がっているように見えた。ふたりにとっては、部屋で起きたこと、これから起きるかもしれないことなんかより、自分たちが目の前にぶら下げた懐中時計のほうが、おそらく大事だったのだ。

船長につづいて最初に祝福の言葉を口にしたのは、奇妙なことにボイラーマンだった。「本当におめでとう」と言って、カールの手をにぎった。握手することによって、「そうか、わかったぞ」という気持ちを表そうとしたのだ。それからボイラーマンが同じ言葉をかけようと上院議員のほうを向いたとき、それがボイラーマンにとっては分不相応なふるまいであるかのように、上院議員があとずさりした。ボイラーマンもすぐに思いとどまった。

ほかの人たちも今、どうすべきか気がついて、すぐにカールと上院議員のまわりに押し寄せた。その結果、カールは、シューバルまでもから祝福の言葉をかけられ、それを受け取って、お礼を言った。最後に港湾局の役人ふたりが、ふたたび静かになってからやって来て、英語で単語を2つ言って、馬鹿ばかしい印象をあたえた。

上院議員はすっかりその気になって、うれしさを満喫するために、どうでもいいことまで思い出し、ほかの人にも思い出させた。みんなはもちろん、我慢しただけでなく、興味のある顔までして耳を傾けた。そこで、こんな話まで披露された。女中の手紙にはカールの顔や背格好の特徴が書かれていたので、必要なときにはすぐ使えるよう上院議員は手帳にメモしていた。ボイラーマンのおしゃべりが我慢できなくなり、気をまぎらわせるために手帳を取り出して、探偵としては一流でない女中の書いた観察結果とカールの外見とを、遊び半分で比べていたのだという。「そうやって甥を見つけたんですよ」と、あらためて祝福の言葉を期待しているような口調で、話を結んだ。

「じゃ、ボイラーマンのことはどうなるんでしょう?」とカールが、伯父さんの最後の話を聞き流して、たずねた。立場が新しくなったので、考えたことは何でも言えると思った。

「ボイラーマンには、それなりの対応がされるだろう」と、上院議員が言った。「それに、船長さんが適切な対応を考えてくださるよ。われわれはね、ボイラーマンの話は十分に、十分すぎるほど聞かされてきましたよね。この場にいらっしゃる皆さんも、きっと同じ考えだと思いますよ」

「でも、そういうことじゃないんですよ。正義の問題なんだから」と、カールが言った。カールは、伯父と船長にはさまれて立っていた。もしかしたらその立ち位置に影響されたのかもしれないが、決定権は自分がもっていると思っていた。

しかしそれにもかかわらずボイラーマンは、自分にはもう何も望んでいないようだった。両手を半分ズボンのベルトに突っ込んでいた。興奮して動いていたので、柄シャツの裾とすそいっしょにベルトが外から見えた。しかしそんなことは少しも気にしていなかった。苦情は残らず訴えたのだ。体にくっついているボロ切れがちょっとぐらい見えてもかまわない。俺をつまみ出したいなら、つまみ出せばいい。ボイラーマンは思いをめぐらせた。給仕とシューバルの2人が、ここでは最下級だ。この2人が最後の情けを見せて、俺をつまみ出せばいいんだ。シューバルの奴、それで落ち着くだろうし、会計主任が言ったような絶望にもう落ち込むこともないだろう。船長はルーマニア人ばっかり雇えるぞ。船ではどこからでもルーマニア語が聞こえるだろう。もしかするとそうなったほうが万事うまくいくかもしれない。会計本部でわめくこのボイラーマン様もいなくなるだろう。このボイラーマン様の最後のおしゃべりだけが、なんとか友情の思い出として残るんだろうな。なにしろ、上院議員がはっきり説明したように、あのおしゃべりが間接的なきっかけとなって、甥を見分けることができたわけだから。ところで、このカールって甥は、あらかじめ何度も俺の役に立とうとしてくれた。だからさ、俺が伯父さんとの出会いに貢献したことに対しては、とっくの昔にあらかじめ十分すぎるお礼をしてもらってるわけだ。ボイラーマンには、カールにまだ何かを望むなんて、思いもよらなかった。おまけに、カールが上院議員の甥であるとしても、船長ではまるでないのだから、船長の口からは結局、ひどい言葉を聞くことになるだろう。――これがボイラーマンの考えであり、その考えにしたがってボイラーマンは、カールのほうを見ないようにした。けれども残念なことに敵だらけのこの部屋では、カール以外に目を休める場所がなかった。

「事態を誤解してはいけない」と、上院議員がカールに向かって言った。「正義の問題かもしれないが、同時に規律の問題でもあるんだからね。両方が、そしてとくに後者が、船長さんの判断にゆだねられているわけで」

「そうなんだよ」と、ボイラーマンがつぶやいた。それに気づいて理解した者が、けげんそうに微笑んだ。

「さて、いずれにしても、船長さんには、ちょうどニューヨークに到着したばかりで、信じられないくらい仕事が山積(さんせき)しているところ、ずいぶんお邪魔してしまった。私たちはここで失礼することにしましょう。お邪魔したうえにですね、まるで必要のない口出しをすれば、その2人の機関士の口げんかを事件にしかねないので。ところでカール、君がどんなふうに行動するのか、ようくわかった。だからこそ、急いでここから君を連れ出す権利がね、私にはあるんだよ」

「ただちにボートを下ろさせます」と、船長が言った。カールが驚いたことに船長は、伯父が明らかに謙遜して言っただけだと思えるのに、これっぽっちの異議も唱えなかった。会計主任はあわててデスクのところへ飛んでいき、船長命令をボート長に電話した。

〈もう時間がない〉と、カールは思った。〈でも、ぼくが何かをすれば、みんなを傷つけてしまう。やっとぼくを見つけてくれた伯父さんと別れるわけにはいかない。船長は礼儀正しいけれど、それだけのことだ。規律が問題になれば、船長の礼儀正しさなんて消えてしまう。伯父さんが船長に話していたのは、きっと本心からだ。シューバルと話す気にはならない。あいつと握手したことが悔やまれるほどだ。ほかの連中はみんな、吹けば飛ぶような奴らだし〉

そんなことを考えながら、カールはゆっくりボイラーマンに近づいて、ボイラーマンの右手をベルトから出して、自分の手のなかでもてあそんだ。「どうして何も言わないの？」と、カールはたずねた。「どうして、みんな言わせたままにしてるの？」

ボイラーマンは額にしわを寄せるだけで、言うべきことを、どう言えばいいのか、探しているようだ。そして目をカールの手と自分の手に落としている。

「不当な扱いを受けたんでしょう。この船で、ほかの誰でもないボイラーマンさんが。ぼく、ちゃんと知ってるんだよ」。カールは自分の指をボイラーマンの指と指のあいだで往復させた。ボイラーマンは、うっとりしたように目を輝かせて、まわりをぐるっと見回した。うっとりしていることを誰かに悪くとられたくないのだ。

「自分で自分を守らなきゃ。イエスかノーをはっきり言わなきゃ。でないと誰にも本当のことがわからない。ぼくの言うようにするって約束して。だってぼくはもう、いろんな理由があってね、ぜんぜん手助けできなくなっちゃうんだから」。そしてカールは、ボイラーマンの手にキスしているときに、泣いた。ひび割れして、ほとんど生気のないその手を取って、あきらめなければならない宝みたいに、自分のほっぺたに押しつけた。――だがそのときにはもう、伯父の上院議員がカールの横にいて、ほんのかすかにではあるがカールをうながして、引き離した。

「ボイラーマンのこと、すっかり気に入ってるみたいだな」と言って、伯父は、わからないでもないという顔をして、カールの頭越しに船長のほうを見た。「見捨てられたと思っていたときに、ボイラーマンに出会ったので、今はボイラーマンに感謝している。なかなか感心なことだ。でも、私のことを考えて、あんまり深入りしないように。自分の立場をわきまえるんだよ」

ドアの前が騒々しくなった。叫び声が聞こえる。誰かがドアへ残酷に突き飛ばされているのだろうか。船の乗組員がひとり入ってきた。ちょっと荒れている。調理場の女のエプロンを巻きつけている。「外で待ってるの、ほかにもいるぞ」と叫んで、まだ人混みのなかにいるかのように、片肘でまわりを押しのけようとした。ようやく正気に戻って、船長に敬礼しようとした。そのときエプロンに気づき、それを引きはがして床に投げ、叫んだ。「ムカムカするぜ。調理場の女のエプロンなんか巻きつけやがって」。それから靴のかかとをコツンと合わせて敬礼した。誰かが笑おうとした。だが船長は厳しく言った。「ご機嫌じゃないか。外にいるのは誰だ？」

「私の証人でございます」と、シューバルが前に出て言った。「場所をわきまえないふるまいを、心からお詫びします。航海が終わると、ハメをはずしてしまう連中がいるもので」

「グズグズしないで中へ呼ぶんだ！」と命令して、船長は、すぐ上院議員のほうにふり向いて愛想よく、しかし早口で言った。「さ、この乗組員がご案内しますから、どうか甥御さんといっしょに、ボートにお移りください。あらためて言うまでもないことですが、こうして上院議員と親しくお知り合いになれたことを、じつにうれしく、じつに光栄に思っております。アメリカの艦船事情の話は中断されてしまいましたが、すぐにまた続きをお話しできる機会があれば、と思います。次回もまた、今日の出会いのように、気持ちよく中断されるかもしれませんが」

「当分は、この甥ひとりで十分ですよ」と、伯父が笑いながら言った。「ご親切に感謝します。どうぞお達者で。ちなみに、考えられないことでもありませんが、ふたりで」——と言って、カールをやさしく抱き寄せた。——「今度、ヨーロッパに行くときは、もしかしたらもっと長い間、この船に乗せていただくことがあるかもしれませんな」

「そうなれば、どんなにうれしいことでしょう」と、船長が言った。紳士はふたりで握手をかわし、カールは、黙ってちょこっと船長に手を差し出すことしかできなかった。というのも、船長はもう、15人ほどの人間を相手にしなければならなかったのだから。連中はシューバルに連れられて、ちょっととまどいながら、しかしドヤドヤと入ってきた。乗務員は上院議員に、案内させていただきますと言って、群がっている人たちを上院議員とカールのために押し分けてくれたので、ふたりは、お辞儀している人たちのあいだを簡単に通り抜けることができた。この連中は、普段は気がよさそうで、シューバルとボイラーマンのけんかを座興のように思っているらしく、そのおかしさは船長の前でも消えるわけがないと考えていた。カールは、連中のなかに調理場の女子のリーネもいることに気がついた。リーネはカールに楽しそうにウィンクしながら、乗組員が投げ捨てたエプロンを巻きつけた。リーネのエプロンだったのだ。

案内役の乗組員のあとにつづいてふたりはオフィスを出て、小さな通路へ曲がっていった。その通路を2、3歩進むと小さなドアがあり、そこから短いタラップを下りると、ふたりのためにボートが用意されていた。ボートに乗っていた乗組員たちは、案内役の乗組員がひとっ跳びでさっとボートに乗ると、立ち上がって敬礼した。上院議員がカールに、用心して下りるように注意しかけたとき、まだ最上段にいたカールが激しく泣き出した。上院議員は右手をカールの顎の下にあて、左手でしっかり抱き寄せて、カールをなでた。ふたりはゆっくりタラップを一段ずつ下りて、抱き合ったままボートに乗った。上院議員はカールのために、自分の真向かいにいい席を探してやった。上院議員の合図で乗組員がボートを船からどんどん突き離して、すぐに全力で漕いだ。船から2、3メートルほど離れたとき、カールは思いがけない発見をした。自分たちは今、船の、会計本部の窓がある側にいるのだ。3つの窓はどれも、シューバルの証人たちでいっぱいで、みんな、ものすごく親しそうに挨拶し、合図を送ってくれている。伯父さんまでがお礼を言っている。乗組員のひとりは、いっせいにボートを漕ぐ手をまるで休めることなく、投げキスを送るという芸当を見せた。本当に、ボイラーマンなどいないかのようだ。伯父さんの膝とカールの膝が触れそうになる。カールは伯父さんの目をじっと見つめた。この人はいつかボイラーマンのかわりになってくれるのだろうか、という疑いが浮かんだ。伯父さんもカールの視線を避けて、波をながめていた。ふたりのボートが波で激しく揺らされている。

流刑地で

「独特の装置なんですよ」。将校が、学術調査の旅行者に言った。そして、勝手知ったるその装置を、ある意味、すばらしいものでも見るような視線でながめた。旅行者は、断ると失礼になるというだけの理由で、司令官の招待に応じたらしい。不服従と上官侮辱で有罪になった兵士を処刑するから、立ち会わないかと誘われたのだ。この処刑に対する関心は流刑地でも、それほど高くはないようだった。ともかく、草も木も生えてない砂地の深い斜面に囲まれた、この小さな谷間にいたのは、将校と旅行者のほかに、処刑される囚人と1人の兵士だけだった。囚人は、間抜け面で口の大きな男で、髪も顔もまるで手入れしていない。兵士の持っている1本の重い鎖には、細い鎖が何本もつながっている。それぞれが囚人の足首と、手首と、そして首にかけられており、さらにそれらの細い鎖が別の鎖で結び合わされている。しかし囚人は見たところ、犬のように従順そうだった。鎖を外して斜面をうろつかせておいても、処刑を始めるときには、口笛ひとつで戻ってくるにちがいないだろう。

旅行者はこの装置にほとんど興味がなかった。関心がないことをほとんど隠さず、囚人の後ろをぶらぶら歩いていた。将校のほうは最後の準備に余念がなく、地中深く据えつけた装置の下にもぐり込んだり、ハシゴに上って上部の点検をしていた。マシン係にまかせてしまってもいい作業だったのに、将校は大変熱心に働いていた。この装置に特別の愛着があるのだろうか。それとも、別の理由で作業を別の人間にまかせるわけにはいかなかったのか。「よし、準備完了！」。ようやくそう言って、ハシゴを下りてきた。ひどく疲れていて、大きく口を開けて息をした。薄い女物のハンカチを2枚、制服の襟首に押し込んでいた。「その制服、熱帯では厚すぎますね」と、旅行者が言った。将校は装置について質問されることを期待していたのだが。「まったく」と言って、将校は、オイルとグリースで汚れた両手を、用意してあったバケツの水で洗った。「でもね、制服って故郷みたいなものなんです。われわれとしては故郷は失いたくはない。――さて、この装置、見てください」とつけ加えて、タオルで手をふきながら、装置を指さした。「ここまでは手作業が必要だったけれど、これからは装置が自動で働いてくれるんです」。旅行者はうなずいて、将校のあとについて歩いた。将校は、あらゆるトラブルを想定した点検をすませてから、こう言った。「もちろん故障はします。今日は故障しないといいんですが、ともかくその覚悟は必要です。この装置、12時間ずっと動いてもらわないとね。でも、故障したとしても、大した故障じゃない。すぐ直るでしょう」

「すわりませんか」。ようやく将校が言った。積み上げてある籐椅子のなかからひとつを持ち上げて、旅行者にすすめた。断るわけにはいかなかった。穴の縁に置かれた椅子にすわって、掘られた穴の中をちらりとのぞいた。そんなに深くはなかった。穴の片側には、掘り出された土が土塁のように積み上げられていた。反対側に装置が据えられていた。「この装置について」と、将校が言った。「もう司令官から説明があったのかどうか、知りませんが」。旅行者は手を曖昧に動かした。将校はそれ以上の回答を望まなかった。自分でこの装置の説明をすることができるのだから。「この装置はですね」と言って、クランクのハンドルをつかみ、体をもたせかけた。「前の司令官が考えたものなんです。私は最初の試作の段階からかかわっていたんです。完成するまですべての作業を手伝いました。この装置の発明は、もちろん前司令官おひとりの功績です。前司令官のこと、聞いてらっしゃいますか？　え、聞いてらっしゃらない？　じゃ、私がこう言っても、過言じゃありません。この流刑地の全体を設計したのが前司令官なんですよ。前司令官の友人である私たちは、前司令官が亡くなったとき、すでにわかっていました。この流刑地の設計はそれ自体で完結したものである、と。前司令官の後任が新しいプランを千個もっていたとしても、少なくとも何年もの間、この設計に手を加えることはできないだろう、と。実際、私たちの予測どおりになりました。新しい司令官もそれを認めざるをえなかった。あなたが前司令官のことを知らなかったとは、残念です！――しかし」と、将校は黙り込んだ。「おしゃべりが過ぎました。前司令官の装置が、こうやって目の前にあるわけです。この装置は、ご覧のように、3つの部分でできています。で、そのうちにですね、どの部分も、いわば、あだ名で呼ばれるようになったのです。下の部分が〈ベッド〉、上の部分が〈図面屋〉、この、真ん中で浮かんでいる部分が〈馬鍬(まぐわ)〉」。「まぐわ？」と旅行者がたずねた。ちゃんと聞いていなかったのだ。影ひとつない谷底に太陽が強烈にからまっている。集中して考えることはむずかしい。だからなおさら将校のことがすばらしく見えた。ずしりとした肩章や飾り紐(モール)のついた、パレードの礼服のような軍服をびしっと身につけて、自分の問題をことのほか熱心に説明するだけでなく、そうやって話しながら、ドライバーであちこちのネジを締めていた。旅行者と似たような気分らしいのが兵士だった。両方の手首に囚人の鎖を巻きつけていたのだが、片手で小銃に寄りかかり、頭をがっくり垂れたまま、まわりのことには無関心だった。旅行者は驚かなかった。将校がしゃべっていたのはフランス語だし、フランス語は、きっと兵士も囚人もわからなかったのだから。だからいっそう目についたのだが、囚人はそれでも将校の説明を理解しようとしていた。眠たいくせに頑固者らしく、囚人は、ずっと視線を、将校が指さす方向に向けていた。そして旅行者の質問で将校が話をさえぎられると、囚人は将校そっくりの姿勢で、旅行者の顔を見つめた。

「ええ、馬鍬(まぐわ)です」と将校が言った。「ぴったりの名前です。鉄の針が馬鍬(まぐわ)みたいに並んでいる。全体も馬鍬(まぐわ)みたいに動くんです。といっても、場所を移動することはなく、はるかに精巧な作りですが。すぐにわかると思いますよ。この〈ベッド〉に囚人を寝かせるんです。――まずですね、この装置の説明をすませてから、手順どおりに動かしてみようと思っているわけです。そのほうがわかりやすいと思います。実際ですね、〈図面屋〉の歯車がひとつ、すっかりすり減っちゃっていて、動かすと、ひどく軋むんです。話をしても聞こえないくらい。交換部品の調達は、残念ながらここじゃ、きわめてむずかしい。——で、ここが、さっき言いましたが、〈ベッド〉です。全面にコットンを敷き詰めています。その目的は、いずれ後ほど。このコットンの上に囚人を腹ばいにして寝かせます。もちろん裸で。こちらの革紐で両手を、こちらの革紐で両足を、こちらの革紐で首を縛って、囚人を固定する。ここの、〈ベッド〉の頭側の端でですね、さっき言ったように、男をまず、うつ伏せにして寝かせるわけですが、ここに小さなフェルト栓があります。位置は簡単に調整できるので、栓は男の口に押し込まれる。叫んだり、舌を嚙み切ったりしないようにするためです。もちろん男はフェルトをくわえる必要がある。くわえてないと、首を縛っている革紐で首の骨が折れてしまうからです」。「これがコットンですか？」とたずねて、旅行者は前かがみになった。「ええ、そうです」と言って、将校がほほ笑んだ。「触ってみてください」。旅行者の手を取って、〈ベッド〉の上に持っていった。「特別に注文したものなので、とてもコットンには見えないでしょう。どうしてこのコットンなのか、後で説明することにしますね」。旅行者はもうこの装置にちょっと興味をそそられていた。太陽から目を守るため手をかざして、装置を見上げた。大きな構造物だ。〈ベッド〉

と〈図面屋〉は似たような大きさで、2つの黒っぽい衣装箱のように見えた。〈図面屋〉は〈ベッド〉の約2メートル上に取り付けられていた。〈図面屋〉と〈ベッド〉は、隅と隅を4本の真鍮の支柱で接合されている。真鍮の支柱が太陽の光を浴びて鈍く輝いていた。2つの衣装箱のあいだで〈馬鍬〉が、鋼鉄のベルトに吊るされて揺れていた。

将校は、旅行者がそれまで無関心だったことにほとんど気がついていなかったけれど、今、興味をもちはじめたぞ、と感じていた。だから説明を中断して、旅行者が観察するのを邪魔しないことにした。囚人が旅行者の真似をしている。囚人は手で目をおおうことができなかったので、裸眼をしばたたかせながら、上を見上げていた。

「じゃあ、男をうつ伏せにして寝かせるわけですね」と言って、旅行者はアームチェアの背もたれに背中をあずけて、脚を組んだ。

「はい」と言って、将校は帽子をちょっと後ろにずらし、ほてった顔を手でなでた。「では、説明しましょう！　〈ベッド〉も〈図面屋〉も、それぞれバッテリーを内蔵しているのです。〈ベッド〉は〈ベッド〉のための、〈図面屋〉は〈馬鍬〉のためのバッテリーです。男が固定されると、すぐに〈ベッド〉が動きはじめる。かすかに、非常に高速で左右だけでなく上下にも振動します。似たような装置は、療養施設でご覧になったことがあると思います。ただ、ここの〈ベッド〉では、すべての動きが精密に計算されています。〈馬鍬〉の動きにぴったり同期する必要があるからです。この〈馬鍬〉にですね、判決の本来の執行がまかされているわけで」

「判決って、どういうものなんですか?」と旅行者がたずねた。「それもご存知ない?」と驚いて、将校は唇を嚙んだ。「失礼しました。私の説明、混乱しているのかもしれません。どうかお許しください。説明はですね、以前は司令官がやっていたもので。でも新しい司令官は、名誉あるこの仕事を避けちゃってるんです。こんなに立派な方がお見えになっているというのに」――旅行者は「立派な方」と呼ばれるのを両手を上げて辞退しようとしたが、将校はその呼び方にこだわった。――「こんなに立派な方に、私たちの判決の形式すらお知らせしていないんですね。この点もまた改善の余地があるわけで――」。将校は、毒のある言葉を口にしかけたが、思い直して、こう言っただけだった。「お知らせしていないという連絡を受けておらず、非は私にはありません。ところでですね、判決の種類の説明なら、私が最適です。ほら、ここに」と――将校は胸のポケットをたたいた――「前司令官が描いた図面をもっているんです」

「司令官が自分で描いた図面？」と旅行者がたずねた。「じゃあ、司令官は全部ひとりでやっていたわけですか？　兵士であり、判事であり、考案者であり、化学者であり、図面屋でもあった？」

「ええ、そうなんです」と言って、将校はうなずいた。もの思いにふけった視線を動かすこともなく。それから自分の手をチェックするようにじっと見つめた。図面を触るにはまだ汚れていると思ったようで、バケツのところに行って、もう一度洗った。それから小さな革の書類入れを取り出して、言った。「私たちの判決は、そんなに厳しくないんです。囚人の体にですね、囚人が犯した掟を〈馬鍬（まぐわ）〉で刻むんです。たとえばこの囚人の体には」――将校が男を指さした。――「こう刻まれることになるでしょう。〈上官を敬え！〉と」

旅行者はちらっと男を見た。男は、将校に指さされると、うつむいて、耳をそばだてて必死に、将校の言葉を聞き取ろうとしているようだった。だが、ギュッと結んだ厚ぼったい唇の動きを見ると、どうやら何ひとつ理解できなかったらしい。旅行者はいろんなことを質問するつもりだったが、男を目の前にして、ひとつだけ質問した。

「この囚人、自分の判決を知っているのですか？」。「知りません」と言って、将校は説明をすぐにつづけようとした。けれども旅行者がさえぎった。「自分の受けた判決を知らないんですか？」。「知りません」とくり返してから、将校は一瞬、どうしてそんな質問をするのか、旅行者に説明を求めるかのように、口をつぐんだ。「知らせてやってもムダなんですよ。判決は、体に刻まれて知るわけですから」。旅行者はもう黙っていようと思ったが、囚人の視線が自分に向けられている気がした。囚人に、〈あなたは、これまで説明された流れを承認できるのか〉と問われている気がした。旅行者は、すでにアームチェアの背もたれにもたれかかっていたのだが、ふたたび前かがみになって質問した。「しかし、自分に判決が下されたということぐらいは、知っているんでしょうね？」。「それも知りません」と言って、将校は旅行者にほほ笑んだ。お望みなら他にも奇妙なことをいくつか教えますよ、と言いたげに。「知らないのなら」と言って、旅行者は手で額をなでた。「じゃあ、この男は今もまだ、自分の弁明がどれくらい認められたか、ということも知らないわけですか？」。「自分を弁護する機会なんてなかったんです」と言って、将校は横を向いた。まるで自分に言い聞かせているかのように。こんなに当たり前のことを説明して、旅行者に恥をかかせるつもりはないかのように。「自分を弁護する機会なら、あったにちがいない」と言って、旅行者はアームチェアから立ち上がった。

将校は、装置の説明をしばらく中断される危険があることに気づいた。だから旅行者に近づいて、腕を取り、囚人を指さした。囚人は今、自分が明らかに注目されていたので、直立不動の姿勢になった。――見張りの兵士も鎖を引き直した。将校が言った。「こういう事情なんです。私はですね、この流刑地で判事に指名されているんです。まだ若造ですが。というのも、どんな刑罰沙汰のときにも前司令官の補佐をしていましたし、この装置のことも一番よく知っているからです。私の裁定で原則にしていることは、〈罪は断じて疑うべからず〉。よその法廷では、この原則を守ることができません。判事はひとりだけじゃないし、おまけに上級審もありますからね。ここは違います。少なくとも前司令官の時代は、違っていた。でもですね、新しい司令官がすでに、私の法廷に介入しようと色気を見せているんですが、これまでのところ、阻止してやりました。これからも阻止してやりますよ。――そうそう、今回の事件、説明が必要でしたね。じつに簡単な事件です。どの事件もそうですが。ある大尉が今朝、告発してきたんです。ここにいる男は、その大尉の世話係の仕事を割り当てられ、大尉の部屋のドアの前で寝ることになっているんですが、寝過ごしてその任務を怠った。規定では、1時間ごとに起きて、大尉の部屋のドアの前で敬礼することになっていたんです。もちろん大した義務じゃありません。でも欠かしてはならない義務です。警護のためだけでなく、用があれば、いつでも対応できるようにしておかなければならないからです。大尉は昨夜、この男が従者の仕事をやっているかどうか、確かめてみようと思った。夜中の2時の時鐘でドアを開けてみると、この男、背中を丸めて寝ていたのです。大尉は乗馬用のムチをつかんで、この男の顔をひっぱたきました。ところが、起き上がって許しを乞うどころか、この男は主人の脚をつかんで、主人を揺さぶって、〈ムチを捨てろ。でないと噛みつくぞ〉と叫んだのです。――こういう事情なんです。大尉が1時間前に私のところにやって来て、私がその申し立てを書き留め、そのまますぐに判決を書きました。それからこの男を鎖で縛ったわけです。以上、じつに簡単な話です。もしもこの男を召喚して尋問などしていたら、混乱が起きただけでしょう。この男はウソをついたでしょう。私がそのウソを見破って否定したら、また別のウソがつかれて、といった具合に。でも今は、こうやってこの男を拘束していて、釈放することもない。――わかっていただけました？　しかし時間ですね。そろそろ刑の執行を始めなくては。でも、この装置の説明がまだ終わってません」。将校は旅行者をアームチェアにすわらせて、ふたたび装置のそばに寄って、説明を始めた。「ご覧のように、〈馬鍬〉は人間の形に似せています。この部分が上半身、この部分が両脚。頭部に対応しているのが、この小さな鑿。おわかりですか？」。将校は旅行者のほうに愛想よく前かがみになって、全体の説明をしようとした。

旅行者は額にシワを寄せて、〈馬鍬〉を見つめていた。さっき報告された法廷の手続きが、気に入らなかったのだ。いずれにしても自分に言い聞かせるしかなかった。ここは流刑地なんだ。ここでは特別な措置が必要なんだ。結局のところ軍隊の流儀でやるしかないんだな、と。しかし新しい司令官には、ちょっと希望をもった。どうやら、じょじょにではあれ、この将校の偏狭な頭には受け入れられそうもない新しい方式を導入するつもりらしい。そんなふうに考えた旅行者は、「司令官は処刑に立ち会うのですか？」と質問した。「確認してません」と言った将校は、突然の質問にうろたえ、愛想のいい表情がゆがんだ。「だからこそ急がなければなりません。非常に残念ですが、私の説明すら短くするしかならなくなるでしょう。でもですね、明日、装置の洗浄がすめば――非常に汚れるということが、この装置の唯一の欠点なんですが――、詳しい説明ができると思います。今はともかく必要最小限のことだけで。――男を〈ベッド〉に寝かせて、〈ベッド〉が振動するようになると、〈馬鍬（まぐわ）〉が体の上まで降ろされる。その先端が体に触れるか触れないかの位置にくるよう、自動で調整されます。調整が完了すると、すぐにこの鋼鉄のロープが、4本ある真鍮の支柱のうちの1本にピンと張られます。さあ、ここからショーの始まりです。勝手を知らない人が見ただけでは、刑の違いに気がつきません。〈馬鍬（まぐわ）〉の動き方は同じように見えます。振動しながらその先端を体に刺していく。おまけに体のほうも〈ベッド〉に合わせて振動します。誰にでも刑の執行が監視できるように、〈馬鍬（まぐわ）〉はガラスで作られたのです。ガラスに針を固定するには若干の技術的困難があったのですが、何度も試行錯誤してできるようになりました。私たちはまったく労をいとわなかった。おかげで今は誰でもガラス越しに、判決文が体に刻まれていく様子を見ることができるのです。もっと近くに寄って、針をご覧になりませんか？」

旅行者はゆっくり立ち上がって、そばまで行き、〈馬鍬（まぐわ）〉の上にかがみこんだ。「ほら」と将校が言った。「2種類の針が、いろんな配列で並んでます。長い針と短い針が1本ずつでペアになっている。長い針が書いて、短い針が水を吹きかける。血を洗い流して、刻まれた文字をいつもくっきり読めるようにしているわけです。血を洗った水は、この細い溝へ導かれ、最後にこの中央の溝へ流れ込み、その排水管が下の地面の穴に向かっているのです」。将校は指で、血を洗った水がたどることになる道筋を精確に示した。できるだけ具体的に説明しようとして、血を洗った水を将校が排水管の出口のところで、両手で受ける仕草をしたとき、旅行者は顔を上げ、手で後ろを探りながらアームチェアのところへ戻ろうとした。そのとき見て驚いた。囚人も旅行者と同じように、〈馬鍬(まぐわ)〉の仕組みを近くで見学してはどうか、という将校の誘いに応じていたのだ。囚人は、うとうとしている兵士を鎖でちょっと前へ引きずって、ガラス製の〈馬鍬(まぐわ)〉の上にかがみ込んでいた。落ち着かない目で囚人は、将校と旅行者が観察していたものを探っていた。しかし囚人は、説明の言葉が理解できなかったので、何をふたりが観察していたのか、どうしてもわからなかったらしい。こちらへかがんだり、あちらへかがんだり。何度もガラスをためつすがめつしている。旅行者は囚人を追い払おうとした。囚人のやっていることが、処罰の対象になりそうなことだったからだ。しかし将校は、一方の手で旅行者を引き止め、もう一方の手で土塁から土塊(つちくれ)をつかんで、見張りの兵士に投げつけた。兵士が突然、目を上げて、囚人の大胆な行動に気づき、小銃を地面に置いて、両足の踵（かかと）を地面に踏ん張って、囚人をぐいと引き戻したので、囚人はすぐ倒れた。それから兵士が囚人を見下ろしていると、囚人は体をねじって、鎖をガチャガチャ鳴らした。「立たせてやれ！」。将校が叫んだのは、旅行者がすっかり囚人に心を奪われていることに、気づいたからだ。旅行者は、〈馬鍬（まぐわ）〉のことなどそっちのけで前かがみになり、囚人がどうなっているのかだけを確かめようとした。「ていねいに扱ってやれ！」と、将校がふたたび叫んだ。装置の向こう側に回って、自分で囚人の脇を抱えてやり、何度も足をすべらせる囚人を、兵士に手伝わせて立たせてやった。

「これでもう、よくわかりましたよ」。将校が戻ってきたとき、旅行者は言った。

「一番大事なことが、まだなんです」と言って、将校が旅行者の腕をつかんで、上のほうを指さした。「そこの〈図面屋〉のなかに歯車装置があって、それが〈馬鍬（まぐわ）〉の動きを決めている。その歯車装置はですね、判決の書かれている図面にしたがって、配列が調整されるんです。私はまだ、前司令官の図面を使ってますが。ほら、これです」——革の書類入れから数枚の紙を取り出した。——「残念ですが、手にとって見てもらうわけにはいきません。私の一番の宝物なんで。すわってください。これだけ距離をとって見てもらえば、全部よく見えると思います」。最初の紙がひろげられた。旅行者は、〈すごいですね〉みたいな言葉をかけたかったのだが、迷宮のように何重にも交差した線しか見えなかった。線で紙面がびっしりおおわれていたので、苦労しないと白い余白が見つけられない。「読んでください」と、将校が言った。「読めないな」と、旅行者が言った。「はっきり書いてるじゃありませんか」と、将校が言った。「非常に芸術的で」と、旅行者は言葉を濁した。「でも私には解読できないな」。「そうですか」と言って、将校は笑って、書類入れをポケットに戻した。「小学生のペン習字のお手本じゃありませんからね。時間をかけて読み込む必要がある。あなただって、そのうち、きっと読めるようになりますよ。もちろんですね、単純な書体であってはならない。すぐに殺してしまうんじゃなく、平均すると12時間はかけることになっているからです。6時間目が節目になるよう計算されているんです。だから、本来の判決文のまわりを、それはそれは多くの装飾線が取り巻くことになる。実際の判決文は細い帯になって胴体に巻かれているだけなんです。体のほかの部分には装飾線が書かれることになっている。どうです、〈馬鍬(まぐわ)〉が、それにこの装置全体が、どんなにすばらしい仕事をするのか、もうおわかりですよね？——さ、見てください！」。将校はハシゴを駆けのぼり、歯車を回して、下にむかって叫んだ。「気をつけてください、脇に寄って！」。こうして装置が動きはじめた。歯車がひどく軋まなかったなら、すばらしい光景だっただろう。その騒々しい歯車に驚いたかのように、将校は、拳をふり上げて歯車を脅かしてから、旅行者には両腕をひろげて謝り、急いでハシゴを下りると、装置の動きを下から観察した。まだどこかに不具合があるのだが、それは将校にしかわからない。将校はふたたびハシゴをよじのぼり、〈馬鍬〉の内部に手を突っこんでから、もっと急いで下りるため、今度はハシゴを使わず、真鍮の支柱をつたって着地した。そして、騒音のなかでも聞こえるように、大声を張り上げて旅行者の耳もとで叫んだ。「どんな具合に動くのか、わかりました？〈馬鍬〉が書きはじめる。男の背中に文字の最初のセットを刻んでしまうと、〈ベッド〉のコットン層が回転して、男の体をゆっくり横向きにし、〈馬鍬〉に新しいスペースを提供する。そのあいだに、文字を刻まれて傷ついた箇所にはコットンが押しつけられる。コットンには特殊加工がほどこされているので、すぐに出血が止まって、また文字が深く刻めるようになる。それから、男の体がさらに回転するとき、〈馬鍬〉の端にある、このギザギザによって、コットンが傷口からはがされて、穴に投げ込まれる。そうやって〈馬鍬〉には、また仕事があたえられます。そうやって〈馬鍬〉は12時間のあいだ、どんどん深く文字を刻むわけです。最初の6時間、囚人はほぼ以前と同じように生きています。痛みに苦しむだけですが。2時間後、フェルトの詰め物が口から外される。男には叫ぶ力がもう残ってないからです。枕元にある、この電気で保温されたボウルには、温かいお粥を入れておきます。その気になれば、舌でなめて食べることができる。チャンスを逃す囚人はいません。たくさんの囚人を見てきた私の経験によれば、ですが。6時間たってはじめて囚人は食欲をなくします。そうなると、私はたいていここで膝をついて、その姿を観察するんです。お粥の最後の一口を飲み込むことは、めったにない。口のなかで転がすだけで、穴にぺっと吐き出すんです。そのとき私は、頭を下げなきゃならない。顔に直撃しますからね。6時間が過ぎると、しかし、なんとまあ、おとなしくなることでしょう！ どんな馬鹿な男にも悟性が芽生えるんですね。まず目が輝いてくる。そこから輝きがひろがっていく。それを見ているとですね、その男といっしょに〈馬鍬〉の下に横たわりたいという気になっちゃいそうで。でも、それ以上は何も起こりません。男が文字の解読をはじめるだけ。口をとんがらせて、まるで耳を澄ましているかのよう。もうおわかりでしょう。文字を目で解読することは簡単じゃない。私たちの囚人は、自分の傷で解読するんです。ともかく大仕事です。囚人がその仕事を完成させるまで6時間かかります。でも完成すると、囚人は〈馬鍬（まぐわ）〉に突き刺されて、穴に投げ込まれ、血で汚れた水とコットンの上にバシッと音を立てて落ちる。それで裁きは終了。そして死体は私たちが、つまり私と兵士が、そそくさと埋葬するわけです」

旅行者は、将校の話に耳を傾けていた。そして、両手を上着のポケットに突っ込んだまま、動いているマシンをながめている。囚人もマシンをながめているが、その動きの意味がわからない。ちょっと前かがみになって、揺れている針を目で追いかけている。そのとき、将校の合図で兵士が、ナイフで囚人のシャツとズボンを後ろから切り裂いたので、シャツとズボンが脱げ落ちた。囚人はそのシャツとズボンをつかんで、自分の裸を隠そうとしたが、兵士に起立させられ、体にくっついていた衣類の切れ端まですっかり払い落とされた。将校がマシンを止めた。急に静かになったところで、囚人が〈馬鍬（まぐわ）〉の下に寝かされた。鎖がほどかれ、そのかわりに革紐で縛られた。それは、囚人にとって一瞬だが、はじめて味わう解放感のようなものを意味しているようだった。そして〈馬鍬（まぐわ）〉がもう少し下げられた。痩せた男だったからだ。〈馬鍬（まぐわ）〉

の先端が囚人の体に触れたとき、囚人の全身に鳥肌が立った。兵士に右手を縛られているあいだ、囚人は左手を、どちらに向けるか知らないまま伸ばしていた。しかしその方向には、旅行者が立っていた。将校は脇から旅行者をじいっと見つめていた。自分が少なくともざっと説明しておいた死刑執行が、旅行者にどんな印象をあたえたのか、旅行者の顔から読み取ろうとしているかのようだった。

囚人の手首を縛っていた革紐が切れた。どうやら兵士が強く締めすぎたせいだろう。手伝ってください、と、切れた革紐を兵士は将校に見せた。将校も兵士のほうへ寄っていったが、顔は旅行者に向けたまま、こう言った。「このマシンはですね、部品が非常に多いんです。どうしても、あちこちで裂けたり壊れたりしてしまう。だからといって、それで全体の評価を間違えてはダメですよ。それに革紐の替わりならありますす。鎖を使いましょう。革紐とちがうので右腕へはマシンの振動がやわらかくなくなりますが」。そして右腕に鎖をかけながら、将校は話をつづけた。「マシンの維持費が今、すごく削られてましてね。前の司令官のときは、私の自由になるマシン維持専用の金庫があったんです。ここに倉庫があって、ありとあらゆる予備の部品が保管されていた。白状すると、私、ちょっと使いすぎちゃって。昔の話ですよ、今じゃない。

今もそうだ、と新しい司令官は非難しますが、これまでの機構を改める口実に、どんなことでも非難するのです。今の司令官はマシン用の金庫を自分で管理しています。私が新しい革紐を請求すると、切れた革紐が証拠として要求され、ようやく10日後に新しい革紐が届いても、粗悪品で役立たず。そのあいだ私は革紐なしでマシンを動かさなければならないのに、誰も気にかけてくれない」

旅行者は考えた。外国の事情にわかった顔をしてかかわるのは、どんな場合でも考えものだ。俺はこの流刑地の人間でもないし、流刑地を管轄している国の人間でもない。もしもこの処刑を批判、いや阻止しようとすれば、〈お前はよそ者だ。黙ってろ〉と言われるだろう。それに対して俺は何も言えないだろう。せいぜい、〈私にはこのことが理解できないんです。私は旅行者で、見ることだけが目的で、外国の裁判制度を変えようなんて、これっぽっちも思ってませんから〉と、つぶやくことができるくらいだろう。しかしこの土地の事情には、非常に興味をそそられた。不当な裁判の手続きと非人間的な処刑には、疑う余地がない。それが旅行者の手前勝手な判断だとは誰も思えない。囚人は旅行者の知らない人間だし、同郷でもないし、同情を呼ぶようなタイプでもなかった。旅行者のほうは政府高官の推薦状をもっていたし、きわめて丁重な扱いを受けていた。この処刑に招待されたのも、この裁判について意見を求められていることの、示唆でさえあるように思えた。たしかに大いにありうる話だ。なにしろ今の司令官は、これまで聞いた話からじつに明らかに、この裁判の手続きと処刑の方法を支持しておらず、この将校とはほとんど敵対しているのだから。

そのとき旅行者の耳に将校の怒鳴り声が聞こえた。苦労して囚人の口にフェルト栓を押しこんだばかりなのに、囚人は吐き気にがまんできなくなり、目を閉じて吐いてしまったのだ。急いで将校は、フェルト栓から囚人を引き離して、顔を穴に向けさせようとした。だが遅すぎた。ゲロがマシンをつたって下へ垂れていた。「これも司令官のせいだ！」と叫んだ。将校は、われを忘れて目の前の真鍮の支柱を揺さぶった。「俺のマシンが汚されていく。豚小屋みたいに」。両手を震わせながら将校は、旅行者にそのありさまを指さした。「私はね、何時間もかけて司令官に理解してもらおうとしたんですよ。処刑の前日は一切、何も食べさせちゃいけない、と。でも、新しい指針は生ぬるくて、考えがちがう。司令官の女たちは、囚人が引き出される前に、囚人の喉に砂糖菓子をいっぱい詰め込むんです。囚人はずうっと、臭い魚ばっかり食わされてきたのに、今になって砂糖菓子をほおばらされる！　ま、それもありかもしれない。異議は唱えないでおきましょう。しかしですね、どうして新しいフェルトが支給されないんだ。3か月前から申請してるのに。このフェルトはですね、100人以上の男が死ぬとき、しゃぶったり嚙んだりしたやつなのに、そんなものを口に突っ込まれたら、吐くしかないでしょう?」

囚人はうなだれていたが、穏やかな様子だった。兵士は囚人のシャツでマシンを拭いていた。将校が旅行者に近づいた。旅行者は、なにか悪い予感がしたので一歩下がった。だが将校に手をつかまれ、脇に引き寄せられた。「ちょっと内密にお話ししたいことが」と言われた。「よろしいでしょうか?」。「もちろん」と言って、旅行者は目を伏せて耳を傾けた。

「この裁判の方式とですね、この処刑に、あなたは機会あって、これから立ち会われて感心なさるはずですが、現在、この流刑地では、はっきりと支持する者がもう誰もいないんです。私だけが支持しています。と同時に私だけが、前司令官の遺産を相続しているわけなんです。この方式が拡張されるなんて、もう考えられません。今あるものを守るために、私は全精力を使っているので。前司令官の存命中は、その支持者がこの流刑地にいっぱいいました。前司令官の説得力なら、私も少しはもっているけれど、前司令官の権力がまるっきりない。だから支持者はこっそり姿を隠してしまった。支持者はまだたくさんいますよ。でも支持を表明する者はひとりもいない。今日、つまり処刑の当日にですね、茶屋（ティーハウス）に言って耳を澄ましてごらんなさい。聞こえてくるのは、どっちつかずの発言ばかりかもしれません。前司令官の支持者ばかりですが、今の司令官のもとでは、それに今の司令官が見解を変えないかぎりは、まったく私の力にはならない人たちなんですよ。で、ここでおたずねしたいのです。そんな司令官や、司令官を動かしている女たちのせいで、このライフワークが」――将校はマシンを指さした――「消えてしまっていいものでしょうか？　それを見過ごすことは許されますか？　たとえ、外国人としてほんの数日、この島に滞在しているだけだとしても？　もう時間がないんです。私の裁判権を剝奪するような動きがあるのです。すでに司令部では審議が進行中なのですが、私は呼ばれていません。あなたが今日この装置の見学に来られたことだって、全体の動きをよく示すものだと、私には思えるんです。連中は卑劣ですよ。外国人のあなたを送り込んでくるんだから。――刑の執行も、以前はまったく別物だった！　処刑の前日にはもう、谷間は人でぎっしり埋まっていた。みんな見物だけが目的でやってきた。朝早く、司令官が女たちを連れて現れる。ファンファーレが宿営地に響きわたり、みんなの目を覚ます。私が〈準備完了〉を報告する。高官たちが――高官は全員、欠席が許されなかったのです――マシンのまわりに並ぶ。この籐椅子の山は、当時のみじめな残骸です。マシンは磨かれたばかりでピカピカでした。刑の執行では私はほとんど毎回、部品を新しいものに交換していました。何百という目の前で――あそこの小高いところまで見物人がいて、みんな爪先立っていました――囚人は司令官の手で〈馬鍬〉の下に寝かされたのです。今では下っ端の兵士に任される仕事が、当時は、私の、つまり裁判の責任者の仕事であり、私の名誉だったのです。そうやって刑の執行が始まったわけです！　異常音でマシンの動作が妨げられることはありませんでした。もう直視できなくなり、目を閉じて砂地で横になっている人も出てきました。〈今、正義が行われているのだ〉と、みんなが知っていました。静けさのなかで聞こえたのは、囚人のため息だけ。フェルトのせいでくぐもっていましたが。今のマシンでは、フェルト栓で消せないほどのため息を囚人につかせることはできません。当時は、激痛が走る薬液を文字を刻む針から垂らしてましたが、今では薬液を使うことが禁じられてるんです。さて、そうやって6時間目に入る！　近くで見たいという願いを全員に認めることは不可能でした。

思慮深い司令官は、子どもには特別の配慮をするように、と指示しました。しかし私は、私の職務のおかげで、いつも最前列にいることが許された。しばしば私は、小さな2人の子どもを右腕と左腕にかかえて、最前列でしゃがんでいました。拷問されている人間の顔が浄化された表情を、私たちはどう受け止めていたのでしょう！　正義は、ようやく達成された、と同時にもう消えていく。その正義の輝きで、私たちの頬はどうなったのでしょう！　おお、何という時代だったのか、同志よ！」。どうやら将校は、目の前に誰がいるのか、忘れてしまっていた。旅行者を抱きしめ、顔を旅行者の肩にうずめた。旅行者はとても当惑していた。イライラした目を将校からそらした。兵士が掃除を終えて、今は容器からライスのお粥を小さな鉢へ入れていた。囚人はすっかり回復したらしく、お粥に気づくと、舌でお粥を舐めはじめた。兵士は囚人をくり返し押し戻した。というのもお粥の時間は、もっと後に定められていたからだ。しかしそれにしても、兵士が汚れた手を鉢に突っ込んで、腹ペコの囚人の前でお粥を食べたのは、不作法なことだった。

将校はすぐ、われに返った。「あなたの気持ちに訴えようとしたんじゃないんです」と言った。「あの時代を理解してもらおうなんて、不可能なことはわかっている。ところでマシンはまだ仕事をしています。ちゃんと働くんです。この谷間にマシンだけが取り残されているとしても、ちゃんと働くんです。そして死体はあいかわらず最後に、信じられないくらい柔らかい放物線を描いて穴に落ちていく。たとえ今は、当時のように何百人もの見物客がハエみたいに穴を取り囲んでいなくても。当時はですね、穴のまわりに頑丈な柵をつけておかなきゃならなかった。とっくの昔に撤去されちゃってますが」

旅行者は将校から顔をそむけたくなって、ぼんやりまわりを見回した。将校は、旅行者が索漠とした谷間を観察しているのだと思った。だから旅行者の手をつかんで、旅行者の前に回って、目をじっと見て、「この屈辱、わかります?」とたずねた。

だが旅行者は黙っていた。将校はしばらくのあいだ旅行者から目をそらした。両脚をひろげ、両手を腰にあてて、何も言わず、地面を見つめていた。それから旅行者をはげますようにほほ笑みかけて、言った。「私はね、昨日、あなたの近くにいたんですよ。この処刑に立ち会うよう、司令官があなたを招待したとき。その声が聞こえたんです。司令官のことは、よく知っています。その招待で何をもくろんでいるのか、すぐに理解しました。司令官の権力は大きいので、私に指図することなんて簡単なことなのに、敢えてそうはしなかった。しかしそのかわり私をあなたに、有名な外国人であるあなたの判決に、さらそうと考えたんです。司令官の計算は周到です。あなたは、この島に来られて2日目。前司令官のことも、前司令官の考え方も、ご存知ではない。あなたはヨーロッパの思考回路にとらわれている。もしかしたら、総論として死刑には断固反対であり、各論としてこの島のようなマシンによる処刑方法にも断固反対なのかもしれません。おまけにあなたが目撃する処刑は、非公開で、痛ましく、オンボロのマシンが使われる。――とすれば、これらをすべて考え合わせれば（と、司令官は考えた）、この方式を不当だとみなすのは、じつに簡単なことじゃありませんか？　そして、不当だとみなせば、あなたはこのことを（と、あいかわらず司令官のつもりで話しているわけですが）黙ってはいないでしょう。というのもあなたは、ご自分の百戦錬磨の確信を疑ったりしませんから。もっとも、これまで多くの民族の、多くの流儀をご覧になり、それらを尊重するようになっていらっしゃるわけだから、もしかしてお国でなら、いざ知らず、全力でそれらの方式に異議を唱えるようなことはないでしょう。けれども異議など司令官には必要ありません。ちらりと、不用意に漏らされる、ひと言で十分なのです。司令官の願いに沿っているように見えさえすれば、あなたの確信とズレていてもかまわない。狡猾な司令官が手を替え品を替えて質問してくるだろうとは、私も承知しています。そして司令官の女たちがまわりにすわって、耳をそばだてていることでしょう。あなたは、たとえばこんなことを言うでしょう。〈私の国では、裁判の手続きが違いますね〉とか、〈私の国では、被告は判決を受ける前に尋問されますよ〉とか、〈私の国では、被告は判決を聞かされるんです〉とか、〈私の国では、死刑以外の刑罰もあります〉とか、〈私の国では、拷問があったのは中世だけですね〉とか。こういう発言はどれも、正しいものですし、あなたには当然だと思われるものです。私の方式を傷つけるものではないので、罪のない発言です。しかし司令官は、どう受け取るでしょう？　私にはその姿が見えます。善良な司令官がただちに椅子を脇へ押しやり、バルコニーへと急ぐ。私には、司令官の女たちの姿が見えます。あわてて司令官のあとを追いかけている。私には司令官の声が聞こえます――女たちが雷の声と呼んでいる声なんですが――。で、ここで司令官が宣言するのです。〈各国の裁判の方式を調査するよう命じられた、高名なヨーロッパの研究者が、たった今、こうおっしゃった。古い慣習に従った、わが国の方式は、非人間的である、と。こういう立派なお方にそう判断された以上、現在の方式を黙認することは、私にはもちろんできなくなった。したがって本日をもって、ここに指令する──など、と〉。あなたは抗議するつもりです。司令官が布告したことを自分は言った覚えがない、と。将校がやっている方式を非人間的だなどと呼んだことはない、と。逆ですよね。あなたは深く洞察して、ここの方式こそ、きわめて人間的で、人間の尊厳にきわめてふさわしいものだと見ています。この処刑マシンにも感心している。──でも、もう遅すぎます。あなたはバルコニーに出ることができない。女たちでいっぱいですから。あなたは、発言しようとする。叫ぼうとする。でも、女たちの手で口をふさがれる。──そして私も、前司令官のライフワークも、おしまいなんです」

旅行者はほほ笑みをこらえなければならなかった。非常にむずかしいと思っていた仕事が、じつに簡単に片づけられそうだったからだ。話をそらして、こう言った。

「私の影響力を買いかぶってますね。司令官は私の紹介状を読んでるんですよ。私が裁判のやり方の専門家じゃないことは、知っている。かりに私が意見を言ったとしても、素人の意見にすぎないでしょう。たまたまそこに居合わせた部外者の意見と同じで、重要なものじゃない。いずれにしても、司令官の意見とは比べものになりません。

聞いたところでは、司令官は、この流刑地では絶大な権力者だそうですね。ここの裁判の方式について司令官の意見が、あなたが思っているように、はっきりしているのなら、やっぱりこの方式は終わったということですよね。私のささやかな助力なんて無意味なわけで」

将校は、ちゃんと理解したか？　いや、まだ理解していない。激しく首を振り、ちらりと囚人と兵士のほうをふり返った。ふたりはビクッとして、お粥から離れた。将校は旅行者のすぐそばまで寄って、顔をのぞき込むのではなく、上着の一点を見つめて、前より小さい声で言った。「あなたは司令官のことをご存知ないでしょう。あなたは、司令官にとっても、私たち全員にとっても、ある意味――こういう言い方をお許しください――無害な方なんです。あなたの影響力は、いいですか、どんなに高く評価しても評価しきれないほどなのです。処刑に立ち会うのがあなたひとりと聞いて、とてもうれしかった。司令官の指令は私を狙い撃ちするつもりのものでしたが、これで逆にそれを有利な材料にできる。――大勢の人間が処刑に立ち会えば、どうしても間違ったことを吹き込まれたり、軽蔑の目で見たりしてしまうものですが――あなたはですね、そんな刷り込みや視線にまどわされることもなく、私の説明に耳を傾け、マシンを見学して、これから処刑を視察しようとしているわけです。あなたの判断は、きっともう決まっている。もしもまだ、ちょっと不確かな点があるとしても、処刑を見れば解決すると思います。ですから、お願いします。どうか私を助けてください！司令官に負けないように」

旅行者はそれ以上しゃべらせなかった。「そんなこと、どうやったらできるんです？」と叫んだ。「無理に決まってるじゃないですか。私はね、あなたの役に立てないし、あなたに害をあたえることもできない」

「そんなことはない」と将校が言った。将校が拳を固めるのが見えて、旅行者はちょっとひるんだ。「そんなことはない」と、もっと強い調子で将校がくり返した。「プランがあるんです。きっと成功します。あなたは、ご自分には十分な影響力がない、と言う。私にはわかっています。十分にある、と。でも、あなたの言う通りだとしてもですよ、現行の方式を維持するためには、できることはすべて、もしかしたら完全に不可能なことでさえ、やってみることが必要じゃないでしょうか？　だから私のプランを聞いてください。プランの実行には、ぜひとも必要なことがあります。今日はですね、現行の方式についてあなたの判断をできるだけ口にしないようにしてください。直接質問されなければ、絶対に発言してはいけない。発言するとしても、短く、あいまいに。そうやって、みんなに気づかせるんです。この問題についてあなたが発言するのは、むずかしいらしい、と。あなたが不機嫌だ、と。もしもオープンに話すことを求められれば、まさに悪口雑言の嵐になるにちがいない、と。ウソをついてもらいたい、と頼んでいるわけじゃありません。そんなこと絶対にありません。ともかく短く答えてください。たとえば、〈ええ、処刑は見ました〉とか、〈ええ、説明は全部聞きました〉とか。ただそれだけ、それ以上は言わない。あなたの不機嫌に気づいてもらうわけですが、不機嫌の原因はたっぷりありますからね。たとえ司令官の思惑とちがっていても。司令官はもちろん完全に誤解するでしょう。自分の思惑で解釈するでしょう。私のプランはそれをベースにしているんです。明日、司令部で、司令官が議長になって、すべての高官が出席する大会議が開かれます。司令官はもちろん日頃から、こういう会議をショーアップすることを心得ています。傍聴席（ギャラリー）が用意され、いつも見物人でいっぱいです。私は審議に参加せざるをえないのですが、嫌でたまりません。で、あなたもきっと、どんなことがあっても会議に招待されるでしょう。もしも、私のプラン通りふるまっていただければ、招待が緊急要請されるでしょう。もしも、なんらかの不可解な理由で招待されないようなことがあれば、もちろん招待を要求していただくことになります。あなたが招待されることは、まちがいありません。さてそうやって明日、あなたは女たちといっしょに、司令官枠の招待ボックス席にすわっています。司令官はしばしば視線を上に向けて、あなたがすわっていることを確認しています。どうでもいいような、馬鹿ばかしい、傍聴人受けだけを狙った議題が終わるとですね――議題はほとんどが港の建築物のことです。いつもいつも港の建築物！――、裁判の方式が話題になります。もしも議長の司令官が、話題にしなければ、または、すみやかに話題にしなければ、私のほうが話題にするよう仕向けます。立ち上がって、今日の処刑の報告をするんです。手短に、報告だけ。その種の報告は異例ですが、それでも私は報告します。司令官は私にお礼を言います。いつものように、親しそうなほほ笑みを浮かべて。こうなると、司令官は遠慮を忘れて、絶好の機会を逃しません。〈たった今〉とか何とか言って、始めるのです。〈処刑の報告がありました。私のほうからその報告に一点追加したいと思います。まさにその処刑に偉大な研究者が立ち会ってくださいました。私たちの流刑地へ氏が異例の表敬訪問をされていることは、みなさんご存知のところです。本日のこの会議も、氏のご臨席により、さらに意義あるものになっています。ここで、この偉大な研究者におたずねしたいと思うのですが。従来の慣習による刑執行をどう判断されるのか？　また、刑執行に先立つ裁判の手続きをどう判断されるのか？〉。もちろん、満場は拍手に包まれ、みんなが異議ナシと叫ぶ。私の拍手と声が一番大きいのですがね。司令官があなたにお辞儀をして、〈では、みなさんの名において、質問させていただきます〉。するとあなたは、ボックス席の手すり壁のところへ出ます。両手をそこに置いて、みんなに見えるようにしてください。でないと女たちがあなたの手をつかんで、指でくすぐりますからね。――こうしていよいよ、あなたの番になります。それまでの数時間の緊張に、私はどうやって耐えるのでしょうね。あなたが話すとき制限は一切ありません。ありのままを遠慮なく話してください。手すり壁から身を乗り出すのです。大声で、そうそう、大声で叫んでください。司令官にむかってあなたの意見を。揺るぎないあなたの意見を。しかしそういうこと、好きじゃないかもしれませんね。あなたの趣味ではない。お国ではこういう場合、別のやり方があるのかもしれない。それもいいですね。それも申し分ありません。立ち上がったりせず、ふたことみことしゃべるだけ。ささやくんです。あなたのボックス席の下にいるお役人になんとか聞こえるくらいの声で。それで十分。

あなたの口から話す必要などありません。処刑には世間が無関心なことも、歯車が軋むことも、切れた革紐のことも、吐き気をもよおすフェルト栓のことも、話さなくて結構。そういうことは全部、私が引き受けます。いいですか、私の演説を聞いて司令官が会議場から逃げ出さなくても、司令官はひざまずくでしょう。そして告白するにちがいない。〈前司令官閣下、わたくしは閣下にひざまずきます〉と。——これがね、私のプランなんです。このプラン実行の手助け、お願いできませんか？　もちろん手伝ってもらえますよね。いや、手伝ってもらわなくちゃ」。そして将校は旅行者の両腕をつかんで、あえぎながら顔をのぞき込んで、深い呼吸をした。話の最後のほうは将校が叫んでいたので、兵士と囚人までもがこちらを見つめていた。話の内容が理解できなかったにもかかわらず、ふたりはお粥を食べる手を止めて、口をモグモグさせながら旅行者の顔を見ていた。

するべき返事は、旅行者にしてみれば最初から決まっていた。これまでの人生であまりにもいろんな経験をしてきたので、動揺などするはずがなかった。根が正直な人間で、恐れを知らなかった。にもかかわらず今は、兵士と囚人が見えたので、ひと呼吸ためらった。「いや、手伝いません」。将校は何度か目をパチパチさせたが、旅行者から目をそらさなかった。「説明が必要ですか？」と旅行者がたずねた。将校は黙ってうなずいた。「私はね、ここの方式に反対なんです」と、旅行者が話しはじめた。「あなたのプランを打ち明けられる前から――もちろん、あなたの信頼を裏切ったりするようなことはしませんが――考えていたんです。こちらの方式に口をはさむ権利が私にあるんだろうか。そして、口をはさんだとしても、その効果がちょっとでも見込めるのだろうか。これは最初に誰に言うべきか、はっきりしていました。もちろん司令官にです。あなたの話を聞いて、もっとはっきりしました。だからといって、それで私の心が決まったわけじゃない。その逆です。あなたのまっすぐな確信に心を打たれたのです。とはいえ私の心は揺らぎませんが」

将校は黙ったままだった。マシンのほうへ向いて、真鍮の支柱をつかんでから、ちょっと体を反らして〈図面屋〉を、異常がないかどうか点検でもしているように見上げた。兵士と囚人は友達になったらしい。囚人が、縛られて固定されて非常に不自由な体で、兵士に合図した。兵士がかがみ込んでやると、囚人が何かささやいて、兵士がうなずいた。

旅行者は将校に近づいて、言った。「私が何をするつもりなのか、まだ話してませんでしたね。もちろん、ここの方式について司令官に私の見解は伝えるつもりです。でも会議の席ではなく、ふたりだけの場で。それにこの流刑地に長居するつもりもありません。会議に呼ばれても出席できませんね。明日の朝には出航します。少なくとも乗船します」

将校は耳を傾けていたようには見えなかった。「では、ここの方式には納得できなかったわけですね」と、ひとり言のように言って、ほほ笑んだ。子どもが馬鹿なことを言ったとき、ほほ笑むのだが、そのほほ笑みの後ろに本心を隠している老人のように。

「では、時間です」と言い終わると、将校は突然、目を輝かせて旅行者をじっと見た。参加を要求しているような、呼びかけているような目だった。

「何の時間なんです？」と、旅行者は不安になってたずねたが、答えはなかった。

「お前は自由だ」と、将校が囚人に向かって囚人の国の言葉で言った。囚人はその言葉をすぐには信じなかった。「いいか、お前は自由の身だ」と将校が言った。はじめて囚人の顔に生気がよみがえった。本当なのか？ 将校の気まぐれで、すぐに取り消されるだけじゃないのか？ この知らない顔の旅行者が恩赦を働きかけてくれたんだろうか？　どういうことだ？　こんなことを囚人の顔は質問しているようだった。だがすぐ元の顔に戻った。何がどうであれ、許されるのなら、本当に自由になりたかった。〈馬鍬(まぐわ)〉が許す範囲で、体を揺さぶりはじめた。「革紐が切れるじゃないか」と将校が叫んだ。「おとなしくしてろ！　すぐほどいてやるから」。兵士に合図をして、ふたりで仕事にとりかかった。囚人は、ひとりで言葉にならない小声で笑って、顔を左側の将校に向けたり、右側の兵士に向けたりしながら、旅行者のことも忘れなかった。

「引き出すんだ」と、将校が兵士に命令した。この場合、〈馬鍬(まぐわ)〉があるので、ちょっとした用心が必要だった。囚人は待ち切れず背中にちょっと切り傷ができていた。

だが今はもう将校にとって、囚人のことなど、ほとんどどうでもよかった。旅行者のほうへ行き、小さな革の書類入れを取り出して、紙をめくり、探していた紙をようやく見つけると、旅行者に見せた。「読んでください」と言った。「読めません」と旅行者が言った。「前にも言ったけど、その紙に書かれていること読めないんですよね、私」。「よく見てください」と言って、将校が旅行者の横に行って、いっしょに読もうとした。それもうまくいかなかったので、——どんなことがあっても紙に触れさせてはいけないかのように——遠く離した小指で紙面をたどって、旅行者が読めるようにした。旅行者も、少なくともそんな将校の誠意に応えられるように努力してみたが、読めなかった。そこで将校は、書かれているスペルをひとつずつ読み上げてから、今度は単語にして読んだ。「〈正義であれ！〉——と書かれてます」と言った。「さあ、あなたも読めるでしょう」。旅行者が前かがみになって紙に覆いかぶさったので、触られるのを恐れた将校が紙を遠ざけた。そこで旅行者はもう何も言わなかったが、明らかに、あいかわらず読めていなかった。「〈正義であれ！〉——と書かれてます」と、将校がくり返した。「そうかもしれない」と、旅行者が言った。「そう書かれていると思います」。「じゃ、いいでしょう」と言って、将校は、少なくとも少しは満足して、その紙をもってハシゴを上っていった。紙をものすごく注意深く〈図面屋〉のなかに寝かせて、歯車の設定をどうやら全面的に変えているらしい。非常に骨の折れる作業だった。とても小さな歯車の調整も必要だった。将校の頭がすっぽり〈図面屋〉のなかに消えてしまうこともあった。それほど綿密なチェックが歯車の装置には必要だった。

旅行者は下からその作業をずっと見守っていた。首が凝った。日光がギラギラする空のせいで、目が痛んだ。兵士と囚人は、ふたりだけで楽しそうにしていた。囚人のシャツとズボンが穴に投げ捨てられていたのだが、それを兵士が銃剣の先で拾い上げてやった。シャツが猛烈に汚れていた。囚人がバケツの水で洗った。囚人がシャツとズボンを身につけると、ふたりとも声を上げて笑ってしまった。シャツもズボンも後ろがまっぷたつに切り裂かれていたのだ。もしかしたら囚人は、兵士を楽しませなくてはと、義理を感じていたのかもしれない。切り裂かれた服のまま兵士の前でぐるっと回転した。兵士は地面にしゃがんで、笑いながら膝をたたいた。いずれにしても、将校と旅行者がいたので、気をつかって遠慮がちだったが。

将校は、ようやく作業が終わると、もう一度ほほ笑みながら全体をどの部分も残さずながめ、それまで開いていた〈図面屋〉の蓋を閉めて、下に降りてきて、穴のなかをのぞき込み、それから囚人を見て、囚人が穴から服を拾い上げたことに気づいて満足し、それから水の入ったバケツのところへ行って、手を洗おうとしたが、水がひどく汚れていることに遅ればせながら気づき、もう手が洗えないことを悲しみ、結局――その替わりとしては満足できなかったが、仕方なく――砂に手を突っ込んで汚れを落としてから、立ち上がり、制服のボタンを外しはじめた。すると最初に女物のハンカチが2枚、手に落ちてきた。襟首のところに押し込んでいたやつだ。「ほら、お前のハンカチだろ」と言って、囚人にその2枚を投げてやった。そして旅行者にこう説明した。「女たちからプレゼントされたものなんですよ」

明らかに急いで将校は、制服の上着を脱いでから、すっかり裸になったにもかかわらず、脱いだものをどれも非常にていねいにたたんだ。制服の上着についている銀の飾り紐(モール)はわざわざ指でなでつけ、房飾り(タッセル)は振ってかたちを整えさえした。しかしそんなていねいな扱いとはほとんど裏腹に、脱いだものはたたみ終わるたびに、すぐさま、不機嫌な手つきでポイと谷へ投げ捨てていった。最後に残ったものは短剣で、革の吊り紐がついていた。剣を鞘から抜いて、へし折ってから、全部まとめて、つまり、折った剣、鞘、革紐を勢いよく投げ捨てたので、谷底でぶつかり合う音がした。

こうして将校は裸で立っていた。旅行者は唇を噛んで、何も言わなかった。何が起きるのか、わかっていたが、将校がそうするのを止める権利が、旅行者にはなかった。将校が執着している裁判の方式が、実際ごく近いうちに廃止されるのなら――それはもしかしたら、旅行者が口をはさんだせいかもしれないし、旅行者としては口をはさむ義務があると感じてもいたのだが――、だとすれば将校の今の行動は、完全に正しいわけだ。旅行者だって将校の立場なら、同じように行動していただろう。

兵士と囚人は、ともかく何もわかっていなかった。最初は見てもいなかった。囚人は、ハンカチを取り戻したことを非常に喜んでいた。だがその喜びも長くはつづかなかった。不意にさっと兵士にハンカチをひったくられたのだ。今度は囚人が、兵士のベルトの後ろにはさんだハンカチを取り戻そうとしている。だが兵士に油断はない。そうやってふたりは冗談で争っていた。将校がすっ裸になったときはじめて、気がついた。とくに囚人は、何か事態が急変するのではないかと予感して、ショックを受けているようだ。俺の身に起きたことが、今、将校の身に起きている。もしかすると最終決着ということになってしまうかもしれんぞ。どうやらこの外国人の旅行者が命令を出したんだろう。つまり復讐じゃないか。俺の受難は最後までいかなかったが、将校は最後までいって復讐されるんだな。こうして声のない笑いが囚人の顔にひろがり、もう消えることはなかった。

将校のほうはマシンに向き合っていた。以前から、将校がこのマシンに精通していることは明らかだったが、今、目の前で将校がマシンを操作して、マシンが命令どおりに動くのを見れば、びっくりするかもしれない。将校が手を〈馬鍬〉に近づけただけで、〈馬鍬〉は何度か昇降をくり返して、ぴったりの位置で止まって、将校を受け取ったのだ。将校が〈ベッド〉の端をつかむだけで、もう〈ベッド〉が振動しはじめる。フェルト栓が将校の口に寄ってくる。将校は実際そんなものをくわえたくはなさそうだが、躊躇ったのはほんの一瞬、すぐにあきらめて口に含んだ。すべての準備が整った。革紐だけがまだ脇にぶら下がっていた。けれどもどうやら必要なさそうだ。将校を縛りつけておく必要はなかった。そのとき囚人が垂れさがった革紐に気づいた。囚人の意見では、革紐でしっかり縛られていなければ、処刑は完全ではない。囚人は急いで兵士に目配せして、将校を縛るためにふたりで駆け寄った。将校はすでに片方の足を伸ばしていた。〈図面屋〉を動かしはじめるクランクを押すためだ。そのとき将校は、ふたりがやって来たのを目にした。そこで足をひっこめて、手足を縛らせた。するとクランクに足が届かなくなってしまった。兵士にも囚人にも、どれがクランクだか見当がつかない。旅行者は、てこでも動かないと決心していた。しかしその必要はなかった。革紐で縛るやいなや、マシンが動きはじめたのだ。〈ベッド〉が振動し、針が皮膚のうえでダンスをし、〈馬鍬〉が揺れながら昇降した。旅行者はしばらく凝視していたが、〈図面屋〉の歯車が軋むことを思い出した。けれどもすべてが静かだった。ほんのかすかなブーンという音ひとつ聞こえなかった。

そうやって静かに動いていたので、マシンはまったく注目されなくなった。旅行者は兵士と囚人のほうを見た。囚人のほうが元気があった。マシンの何もかもがおもしろそうだ。かがみこんだり、背伸びしたりしながら、ずっと人差し指を突き出して、兵士に教えている。旅行者にはそれが苦痛だった。ここには最後までとどまっていようと決心していたが、ふたりを見ていることにはもう耐えられなかった。「家に帰れ」と言った。兵士は帰るつもりだったかもしれない。だが囚人はその命令をまさしく罰だと受け取った。手を合わせて、ここに居させてほしいと懇願した。旅行者が首を振って受け付けてくれないので、ひざまずきさえした。ここで命令しても効果がないことに気がついたので、旅行者はそちらへ行って、ふたりを追い払おうと思った。そのとき上の〈図面屋〉の内部から異音が聞こえた。上を見た。やっぱり歯車の具合が悪いのか？　だが、そうではなかった。ゆっくり〈図面屋〉の蓋がもち上がってから、パックリ口を開いた。歯車のギザギザが現れて、もち上がり、まもなくその歯車がまるごとひとつ姿をあらわした。まるで、何か大きな力に〈図面屋〉が押しつぶされたため、その歯車の場所がなくなってしまったかのようだ。歯車は〈図面屋〉の端まで転がって、下に落ち、砂のなかでしばらくころころ回転してから、倒れてしまっている。しかしすでに上では別の歯車がヌッと出てきた。そのあと、大きい歯車、小さい歯車、ほとんど見分けがつかない歯車がいっぱい出てきて、どれもが同じ運命をたどっていく。毎回、歯車が出てくるたびに、もうこれで〈図面屋〉も空っぽになったにちがいない、と思うのだが、すると新しいグループの歯車が、とくに大所帯のグループの歯車が、ヌッと出てきては、下に落ち、砂のなかでころころ回転してから、倒れてしまう。この光景を見ているうちに囚人はすっかり旅行者の命令を忘れていた。すっかり歯車の虜になっていた。毎回、歯車をつかもうと思うと同時に、兵士に手助けを要求するのだが、自分は怖くて手を引っ込めてしまう。というのも、あとからすぐに次の歯車が出てくるので、ともかくそれが回転しはじめると、怖くなってしまうのだ。

逆に旅行者は、非常に不安になっていた。マシンが明らかにボロボロになりかけている。静かに動いているというのは錯覚だ。今は俺が将校の心配をするしかないと感じていた。将校はもう自分で自分の面倒を見ることができないのだから。しかし、歯車の墜落にすっかり気をとられているあいだに、マシンのほかの部分に注意することをおろそかにしていた。最後の歯車が〈図面屋〉から落ちて、今、体をかがめて〈馬鍬〉をのぞいて見ると、また別の、もっと不愉快な驚きが待っていた。〈馬鍬〉は文字を刻んでおらず、刺しているだけだった。〈ベッド〉は将校の体を回転させず、ただ振動しながら将校の体をもち上げて針に刺させているだけだ。旅行者は何とかしようと思った。できることならマシン全体を停止させようと思った。それは、将校が望んでいたような拷問ではなく、明らかな殺人だから。旅行者は両手を伸ばした。そのときすでに〈馬鍬〉が、串刺しになった将校の体もろとも、もち上がって横へ移動した。いつもならそれは12時間目に入ってからやるような動きだった。百筋もの血が流れた。傷が洗われていないので、血に水が混じっていない。水の管も今回は故障していた。さらに今、最後の行程もうまくいかない。将校の体が長い針から抜けないで、血を吹き出しながら、穴の上で宙吊りになったまま、落ちないのだ。〈馬鍬〉はすでに元の位置に戻ろうとしていた。しかし、自分の荷物から解放されていないことに気づいたかのように、穴の上で止まっていた。「おい、手伝ってくれ」と、旅行者が兵士と囚人にむかって叫んで、自分は将校の両足をつかんだ。自分の体重を将校の両足にかけて、ふたりには逆サイドで将校の頭をつかんでもらう。そうやれば将校の体をゆっくり外すことができるだろう。しかし、ふたりとも手伝いにくる決心がつかない。囚人はクルリとそっぽを向いた。旅行者はふたりのところへ行って、力ずくで将校の頭を持たせた。そのさい心ならずも死体の顔を見てしまった。生きているときと同じ顔だった。約束されていた救済のしるしは、どこにも見つけられなかった。ほかのすべての囚人がマシンのなかに見つけたものを、将校は見つけなかった。唇はしっかり閉じられていた。目は開いて、生きているようだった。穏やかで納得した視線だ。額を太い鉄の針の先端が貫通していた。

＊　＊　＊

旅行者が、兵士と囚人を従えて、流刑地の最初の家並みにやって来たとき、ある建物を兵士が指さして、「ここが茶屋(ティーハウス)です」と言った。

建物の1階に、奥が深くて、天井が低くて、洞穴みたいで、壁と天井が煤(すす)けている空間があった。通りに面している部分は遮るものがなく開いていた。その茶屋(ティーハウス)は、流刑地のほかの建物と大差なく、司令部の宮殿のような建物も含めて、すべての建物が老朽化していた。それにもかかわらず旅行者には、その茶屋（ティーハウス）が歴史の記憶をもっているように思われた。昔日の権力が感じられた。旅行者は近づいた。兵士と囚人のふたりがついてくる。茶屋（ティーハウス）前の道にテーブルが並んでいるが、誰もいない。そのテーブルのあいだを歩いていく。茶屋（ティーハウス）の奥から流れてくる冷たくて、カビ臭い空気を吸い込んだ。「あの老司令官、ここに埋められてるんですよ」と兵士が言った。「墓地に埋葬するのを坊さんに断られちゃって。どこに埋めたらいいのか、しばらく決められなかったんです。結局、ここに埋葬されたわけですが。その話、将校からはきっと聞かされてませんよね。もちろん、将校が一番恥だと思っていた話ですから。2、3回、夜中に、遺体を掘り出そうとまでしたんです。でも毎回、追い払われちゃって」。「墓って、どこに?」と旅行者がたずねた。兵士の言うことが信じられなかったのだ。すぐ兵士と囚人のふたりが先に歩いて、両手を伸ばして、墓のある方向を指さした。旅行者は奥の壁ぎわまで案内された。2、3のテーブルには客がいた。どうやら港の労働者だ。がっしりした体格で、顔一面に黒くて艶のある短いヒゲを生やしている。みんな上着を着ておらず、シャツはボロボロ。哀れな虐げられた連中だ。旅行者が近づくと、2、3人が立ち上がって、壁に身を寄せ、期待するような目で旅行者を見た。「よそ者だぜ」。旅行者のまわりでささやきが聞こえた。「墓、見るつもりなんだ」。その2、3人がテーブルのひとつを脇にずらした。下には本当に墓石があった。普通の石で、テーブルの下に隠れてしまうほど背が低い。小さな文字で碑文が刻まれていた。それを読むため旅行者は、ひざまずかなければならなかった。「ここに老司令官眠る。いま名乗ることを許されぬ支持者が偲んでここに墓を掘り石を置く。予言によれば司令官は定めの年月が過ぎれば甦りこの家屋より支持者を率いてこの流刑地をふたたび征服するだろう。信じて待て！」。読み終わって、立ち上がると、まわりにいた男たちが、ほほ笑んでいる。旅行者といっしょに碑文を読んで、ほほ笑ましいと思ったらしい。俺たちに同調してほほ笑んだらどうだ、と催促している。旅行者は、気づかないふりをして、男たちに硬貨を2、3枚わけあたえ、テーブルが墓の上に戻されるのを待ってから、茶屋(ティーハウス)を出て、港に向かった。

兵士と囚人は、茶屋(ティーハウス)で知り合いを見つけて、引き留められた。けれどもすぐに別れておく必要があった。というのも、ふたりが追いかけたときには、旅行者はまだボート乗り場につながっている長い段を下りている途中だったからだ。どうやらふたりは旅行者に、いっしょに連れていってほしいと、最後の瞬間に頼み込むつもりだったのだろう。旅行者が下で船頭と汽船まで渡してもらう交渉をしているあいだに、ふたりは黙ったまま、勢いよく段を下りてきた。叫ぶ勇気がなかったからだ。だがふたりが下に到着したとき、旅行者はもうボートに乗っていた。船頭がちょうどボートを岸から離した。ふたりはボートに飛び乗ることができたかもしれない。けれども旅行者が舟底から結び目のある重いロープを拾い上げて、脅かしたので、ふたりは飛び乗ることをあきらめた。

田舎医者

私はものすごく困っていた。どうしてもすぐ旅をしなければならない。10マイル先の村で重病人が私を待っていた。猛吹雪に立ち塞がれていた。馬車ならある。軽くて、大きな車輪で、このあたりの田舎道にはぴったりの馬車だ。毛皮のコートにくるまり、往診用のかばんを手に、旅の準備をして中庭に出ていた。だが馬がない。かんじんの馬が。私の馬は、凍てつくこの冬に酷使したせいで、きのうの夜、死んでしまった。馬を借りられないか、私の女中が今、村中を駆けまわっている。けれども見込みはない。私にもわかっていた。ますます雪は吹き積もり、ますます動けなくなってくる。あてもなく私は立っていた。門のところに女中の姿が見えた。ひとりで、ランタンを振っている。そうだよな、こんなとき誰が私のために馬を貸してくれるというんだ？もう一度、中庭を歩いてみた。馬の手配などまるでできそうにない。壊れかかった戸を、腹立ちまぎれに蹴とばした。何年も使っていない豚小屋の戸だ。戸が開いて、ギーッギーッと蝶番(ちょうつがい)をきしませている。馬でもいるのか、中から動物の体温と体臭が漂ってくる。ロープで吊るされた天井の薄暗いランプが揺れている。男が、背の低い仕切りのなかにうずくまっている。青い目の、遠慮を知らない顔でこちらを見ている。「馬の支度ですかい？」と言いながら、四つん這いで出てきた。どう答えたものか、わからない。私は体をかがめて、小屋のなかに何があるのか確かめようとした。女中が私の横に立っていた。「自分の家にどんな備えがあるかなんて、知らないわよね」と言った。私たちは声を出して笑った。「おおい、兄さん、おおい、姉さん！」と、その馬丁が叫んだ。すると、がっしりした脇腹の、たくましい馬が2頭、狭い戸のすき間から順に現れた。やっと1頭がすり抜けられるほどの狭いすき間なので、脚を馬身にぴったり寄せ、きれいな形の頭をラクダのように沈め、力いっぱい胴体をねじりながら、なんとかすり抜けて。2頭はすぐに首を伸ばし、すっくと立った。全身から湯気を立てている。「さ、手伝ってきて」と私に言われ、いそいそと女中は急いで、馬丁に馬具を渡そうとした。そのとたん、馬丁が女中を抱きしめ、顔を女中の顔に押しつけた。女中は悲鳴をあげて、私のところへ逃げてきた。ほっぺたに赤い歯形が2列、くっついている。「ケダモノか、お前は」と、私は怒鳴った。「ムチで打たれたいのか？」。だが、すぐに思いなおした。こいつ、知らない顔だ。どこの馬の骨ともわからない。なのに、村のみんなに断られた私に、馬を貸そうと言ってくれてるんだぞ。私の心の中を見透かしているのか、男は、脅かされても気にせず、馬の支度をつづけて、突然、私のほうに向き直った。そして「さ、乗れますぜ」と言った。実際、用意はすべて整っている。おお、すばらしい馬車だ。こんなにすばらしい馬車、乗ったことがないぞ。うれしくなって私は馬車に乗った。「手綱は私がとる。お前は道を知らないだろう」。「もちろんです」と馬丁が言った。「お供なんてしませんよ。ローザのところで留守番だ」。「ダメよ」と、ローザが叫んだ。自分の運命を拒むことができなくなるだろうと正しく予感して、家に駆け込んだ。音が聞こえる。玄関のドアチェーンをかけようとしている。カチリと錠にはまった。女中の姿が目に浮かぶ。チェーンをかけた後、玄関ホールの明かりを消し、それから駆けるように次々と部屋の明かりを消して、見つからないようにしている。「いっしょに来るんだ」。私は馬丁に言った。「来ないんなら、私も行くのをやめる。どんなに急用だとしても。この馬車の代わりに女中を差し出すなんて、考えられない」。「それっ！」と言って、馬丁が手を打ち鳴らした。材木が急流にのみ込まれるように、馬車が急に走り出した。私の耳にはまだ聞こえていた。馬丁が体当たりして家の玄関ドアが割れて粉々になる音が。それから私の目と耳は、五感すべてに均等に迫ってくる疾走と轟音でいっぱいになった。だがそれも、ほんの一瞬のことにすぎなかった。私の家の中庭の門を開けると、もうそこには私の病人の家の中庭があった。まるでそんな感じで私は到着していたのだ。馬は息も乱さず立っている。吹雪は止んでいた。あたり一面に月の光。病人の両親が家から急いで出てきた。病人の姉もついてきた。私は馬車から抱きかかえられるようにして降ろされた。てんでバラバラに話をされるので、何を聞いているのか、まったくわからない。病人の部屋の空気は吸えたものではない。手入れのされていない暖炉から煙が出ている。窓を大きく開けよう。いや、その前に病人を診よう。痩せている、熱はない、高くもなければ低くもない、目はうつろ。シャツを着ていない少年が、羽毛布団をかぶったまま体を起こし、私の首にしがみついて、耳もとでささやいた。「先生、死なせて」。私はまわりを見回す。少年のささやきは誰にも聞こえていなかった。両親は黙ったまま身を乗り出して、私の見立てを待っている。往診かばんを置くスツールを姉が運んできた。私はかばんを開き、診察に使う器具を探した。少年はあいかわらずベッドから手を伸ばして、私に触ろうとしている。さっき頼んだことを思い出させようとしているのだ。私はピンセットを取り出し、ロウソクの光で確認してから、かばんに戻した。「そうだな」と自嘲気味に考えた。「こういう場合、助けてくれるのは、医者じゃなく、神々だ。馬がいなければ、馬をよこしてくれる。急用なら、もう1頭よこしてくれる。おまけに馬丁までつけてくれる――」。今になってようやくローザのことを思い出した。俺、何やってるんだ？　どうやって救ってやればいい？　あの馬丁の手から、どうやって助け出すんだ？　10マイルも離れてぃる！　馬車の馬は、言うことを聞かない！　こいつら、どうやったのか知らないが、革紐をゆるめている。外から、どんな方法でなのか見当もつかないが、こんなに大きく窓を開けたんだ。1頭ずつ別の窓から首を突っ込んでいる。家族の悲鳴なんか気にもせず、病人を観察している。「すぐ家に戻るからな」と私は考えた。さあ出発しよう、と馬にうながされている気がする。しかし、姉に毛皮のコートを脱がされても、抵抗しなかった。姉は、部屋の暑さで私がのぼせていると思ったのだ。ラム酒を1杯すすめられた。年老いた父親が私の肩をたたいた。自分のお宝をふるまうのは親愛のしるしなのだ。私は首を振った。老人の窮屈な考えを受け入れたりすれば、気分が悪くなるかもしれない。そう思っただけだが、飲むのを断った。ベッドのそばに立っている母親に手招きされた。1頭が天井に向かって大きくいなないているあいだに、私は手招きに応じて、少年の胸に頭をつけた。私のひげが濡れているので、少年が身震いした。思ったとおり、少年は健康だ。ちょっと血色が悪いのは、心配性の母親がコーヒーを飲ませ過ぎるからだ。だが健康だ。ベッドからたたき出すのが一番だ。だが私は、自分の考えを通せば世界が良くなるなどと信じてはいない。少年はこのまま寝かせておこう。私は地区に雇われている医者だ。その義務はきっちり果たしている。ちょっとやり過ぎと思えるほどに。報酬はよくないが、貧しい人には親切で、いつでも駆けつける。だがローザのことも心配しなければならない。だとすれば、少年の言うとおりかもしれない。私だって死にたいくらいだ。いつ終わるともしれない冬に、俺はここで何をやっているんだ！　私の馬は死んでしまった。村では誰ひとり馬を貸してくれない。豚小屋から馬車馬を調達する必要がある。もしも馬がいなかったら、豚に馬車を引かせることになるだろう。そういうことだ。そこで私は家族にうなずいてみせた。彼らは何も知らない。知っているとしても、信じないだろう。処方箋を書くのは簡単だ。けれどもそれ以外のことで理解し合うのはむずかしい。だったら、これで往診はおしまいということだな。またしても用もないのに駆り出されたわけか。もう慣れっこだが。夜、私の家のベルを鳴らして、この地区のみんなが私を苦しめてくれる。だが今回は、ローザまで犠牲にすることになってしまった。きれいな娘だ。ほとんど無視していたが、何年も私の家で働いてくれている。――この犠牲は大きすぎる。一時しのぎに屁理屈でもつけて頭の中を整理して、どうしても私は自分をなだめなければ。でないと、この家族に襲いかかってしまう。ローザのところに戻ってやれないのは、悪気がないにせよ、この家族のせいなのだから。私が往診かばんを閉めて、毛皮のコートに目をやったとき、家族はひとかたまりになっていた。父親は、ラム酒のグラスを手にもって嗅いでいる。母親は、どうやら私に失望したらしく――ほんとにこの連中は何を期待しているんだ？――目にいっぱい涙をためて唇を嚙んでいる。姉は、血のついたハンカチを振っている。なぜか私は、やっぱり少年は病気かもしれない、と、場合によっては認めてもいい気がしてきた。少年に近づいた。少年は、私にほほ笑みかけた。ものすごくこってりしたスープを持ってきてもらったときのように。――ああ、そのとき2頭の馬がいなないた。たぶん、どこか高い所からの指令で、診察を楽にやらせるためにいなないているのだろう。――そして私は気がついた。

たしかに少年は病気だ。右の脇腹、腰のところに傷が、てのひら大の口を開けている。ばら色（ローザ）のグラデーションだ。中心が暗く、周縁に向かうにつれて明るいばら色（ローザ）になっている。血が不定形に固まって、やわらかい粒みたいになっている。露天掘りの坑（あな）みたいにポッカリ開いている。引いて見ると、そんなところだ。寄って見ると、もっとひどい。傷口を見れば、誰だってヒューッと口笛を吹いてしまうはず。私の小指ほどの太くて長いウジ虫が、くねくねと群がっている。もともと胴体がばら色（ローザ）なうえに血を浴びている。傷の内側に張りついて、白い頭部とたくさんの短い脚を見せている。かわいそうに、少年よ、君は助からない。こんなに大きな傷があるんだから。脇腹にある、ばらの花みたいな傷のせいで、死ぬことになる。家族はうっとりした顔で、私の診療に見とれている。姉が母親にささやき、母親が父親にささやき、父親が客にささやく。客は数人で、つま先立ちになって、両手をひろげてバランスをとりながら、開いたドアから射し込む月明かりの中を入ってきた。「ぼく、助けてもらえる？」と、泣きじゃくりながら少年がささやいた。傷口でうごめくウジ虫のせいで、すっかり動転している。この地域の人間はみんなこうだ。不可能なことをいつも医者に要求する。昔ながらの信仰は捨ててしまっている。司祭は教会から出かけることもなく、ミサの司祭服を1着また1着、ちぎってボロボロにしている。だが医者は、すべてを外科の手でやさしく処置することを期待されている。さあ、お気に召すまま。俺が買って出たわけじゃない。俺に聖務をこなせと言うのなら、まあ、仕方ない。もっとましなことを望めと？　俺は年寄りの田舎医者、女中を奪われたんだぞ！　そして連中がやってくる。あの家族と、村の長老たちだ。そして私は連中に裸にされる。先生に連れられた小学生の合唱隊が家の前に立っている。ものすごくシンプルなメロディーで歌っている。

そいつを裸にしろ、裸にすれば治してくれるだろ。
治してくれなきゃ、殺してしまえ！
そいつなんか医者にすぎない、そいつなんか医者にすぎない。

そのとき私は裸にされていた。そしてひげを指で押さえ、首をかしげて、連中を落ち着いて見ていた。すっかり覚悟ができて、連中を見下していた。今は、手も足も出ないのに、覚悟して見下している。連中は私の頭と足を持って、私をベッドへ運ぶ。

私を壁がわりにして、少年の傷口にぴたっと押しあてて寝かせた。そしてみんな部屋から出ていった。ドアが閉まる。歌がやむ。雲が月にかぶさる。かけられている布団は暖かい。開いた窓のなかで影のように2頭の馬の頭が揺れている。「あのね」という声が耳に入ってきた。「ぼく、先生のこと、ほとんど信用してないんだ。だって、投げ込まれたんでしょ、こんなところに。自分の足で来たわけじゃない。助けてくれるかわりに、狭くしてるんだから、ぼくが死ぬベッドを。先生の目玉、くり抜いてやりたいくらいだ」。「そうだな」と、私は言った。「みっともない話だ。でも、しかし私は医者なんだ。どうしたものかな？　いいかい、私にも簡単な仕事じゃないんだ」。「そんな言い訳で満足しろって言うの？　ああ、そうするしかないんだろうな。いつだって満足するしかないんだ。きれいな傷をもって生まれてきた。ぼくがこの世にもってきた持参金って、それだけなんだ」。「若いんだね」と、私は言った。「君はまちがってる。視野が狭い。私はね、これまで、あちこちで病人をたくさん診てきた。だから教えてあげる。君の傷、そんなにひどくない。鋭角にザックリ2回、手斧でやられたんだ。森ではみんな、たいてい脇腹をむき出しにしていて、手斧の音なんてほとんど耳に入らない。まして手斧が近づいてきても、聞こえやしない」。「ほんとにそうなの？　それとも熱にうかされて、ぼくをだましてるの？」。「ほんとだよ。地区の医者が請け合ってるんだから、信じても大丈夫さ」。そして少年は言葉を信じて、静かになった。しかし今は、私自身の救出を考える時だ。あいかわらず馬は2頭とも忠実に窓から動かない。服と毛皮のコートと往診かばんを、急いでかき集めた。服を着る時間がもったいない。こっちに来たときのように馬が急いでくれれば、このベッドから私のベッドまでは、いわばひとっ跳びだ。おとなしく1頭が窓から後ずさりした。かき集めた荷物を馬車に投げ込んだ。毛皮のコートがふわりと広がって、片方の袖だけで馬車のフックにしがみついた。これでよし。私は馬車に飛び乗った。革紐がゆるんで垂れ下がっている。2頭はほとんど結びつけられていない。馬車はフラフラと引かれ、毛皮のコートが最後尾で雪をかぶっている。「それっ！」と私は声をかけた。けれども、かけ声のようには進まない。年寄りのようにトボトボと雪の砂漠を進んでいった。後ろでは長いあいだ、子どもたちの、新しいけれど、事実とはちがう歌が響いていた。

喜べ、患者さんたち、

お医者さんが、みなさんのベッドで添い寝です！

絶対これでは家に帰れない。私の花咲く医療もおしまいだ。後継者が仕事を盗む。だが盗んでも無駄だ。私の代わりが務まらないから。私の家では、吐き気がするような馬丁が乱暴狼藉。やめよう、想像するのは。裸のまま、不幸のどん底の、この時代の寒さにさらされ、この世の馬車と、この世のものでない馬たちとともに、年寄りの私は、自分をあちこちへ駆り立てている。私の毛皮のコートは馬車の後ろにぶら下がっている。だが手が届かない。体を動かせる、ならず者みたいな患者は誰ひとり、指一本、動かしてくれない。だまされたんだ！　だまされたんだ！　夜、まちがって鳴ったベルに反応したが最後――もう絶対に取り返しがつかない。

夢

ヨーゼフ・Kが夢を見た。

天気のいい日だった。Kは散歩に行こうと思った。2歩も歩かないうちに、もう墓地にいた。何本か道があったが、ひどく人工的で、歩きにくそうに曲がっている。しかしそんな道のひとつをKは、バランスひとつ崩さず奔流のうえをすべるように歩いていった。ずいぶん遠くからKは、掘り返して土を盛り上げたばかりの墓に目をつけていた。そこで止まるつもりだった。その墓塚はまるでKを誘惑しているようだ。たどり着くには、どんなに急いでも急ぎすぎではないように思えた。ときどき墓塚の姿がほとんど見えなくなる。何本もの旗で隠されるのだ。旗布がよじれて、勢いよくぶつかり合っている。旗をもっている人たちの姿は見えないが、そこには歓声が渦巻いているようだ。

遠くに視線を向けていたのだが、突然、似たような墓塚が道のそばにあるのに気がついた。横に見えていたのに、もうほとんど後ろに見える。急いで草地に飛び降りた。Kが跳ぶようにして歩いていた道はあいかわらず猛スピードで流れていたので、Kはよろめき、墓塚のまん前で膝をついた。男が2人、墓の後ろにいて、墓石を持ち上げていた。Kの姿が見えたとたん、墓石をどしんと地面に突き立てた。れんがで塗り固められたように墓石はしっかり立っている。さっそく茂みから3人目の男が現れた。Kにはすぐに芸術家だとわかった。ズボンに、ボタンをだらしなくはめたシャツだけで、頭にビロードのベレー帽。手には普通の鉛筆を持ち、こちらにやって来ながら、もうその鉛筆で宙に図形を書いていた。

その鉛筆で今度は、墓石の上のほうで仕事にかかった。とても背の高い墓石だ。芸術家がかがむ必要はまったくなかったが、前かがみになる必要があったのだろう。墓塚の盛り土を踏みたくなかった。墓石とのあいだに距離があったからだ。だから、つま先立ちして、左手を墓石の表面につけて体を支えていた。ことのほか達者な手さばきだった。普通の鉛筆で金文字を書いてみせた。「Hier ruht（ここに眠るは）——」と書いている。どちらの文字もすっきりと美しく、深く刻まれていて、完璧な金色だった。2つの単語を書き終わってから、芸術家はKのほうをふり向いた。Kは、つぎに刻まれる文字が非常に気がかりだった。その男にはほとんど頓着せず、墓石だけを見つめていた。男はふたたび続きを書きはじめようとしたのだが、書くことができない。何かに邪魔されているのだ。鉛筆を下ろして、ふたたびKのほうをふり返った。今度はKも芸術家をじっと見て、気がついた。芸術家はすごく当惑しているのだが、その理由を口にすることができない。さっきまで溌剌（はつらつ）としていたのに、嘘のように元気がない。それを見て、Kも当惑した。どうしようもなくふたりは視線を交わした。嫌な誤解が横たわっていて、ふたりともそれを解くことができない。間の悪いことに、墓地の礼拝堂の小さな鐘が鳴りはじめた。だが芸術家が上げた手を振ると、鐘がやんだ。しばらくするとまた鳴りはじめた。今度はささやくような小さな音で、わざわざ制止されなくても、すぐ鳴らなくなる。まるで響き具合をテストしているようだった。芸術家の立場を思うと、Kは慰めようのない気分になった。泣きはじめた。手で顔を覆い、長いことしゃくり上げた。芸術家は、Kが落ち着くまで待っていた。ほかにどうしようもなかったので、書きつづけることにした。最初に引いた短い線が、Kには救いだった。だがその線を引いた芸術家には、ものすごい嫌悪感しかないようだった。

書かれた文字には、もはや美しさはなく、とくに金色が足りないように見える。弱々しく迷いながら線が伸びていく。ただ文字のサイズだけが非常に大きくなっていた。それはJという字で、もうほとんど終わりかけていた。そこで芸術家は憤激して片足で墓塚の盛り土を踏んづけた。まわりの土が舞い上がった。ようやくKは芸術家を理解した。芸術家に許しを乞う時間は、もうなかった。Kは両手の指を全部使って土を掘った。土はほとんど抵抗しなかった。すべてが準備されているようだった。ただ見かけをよくするために、土をかさぶたのように薄く固めて置いていただけだ。すぐ下は、切り立った壁に囲まれて、大きな穴が口を開けていた。その穴のなかへKは、優しい流れに仰向けにされて、沈んでいった。首をまだ起こしたまま、Kはすでに、底なしの深みに受け入れられていく。そのあいだに地上では、Kの名前［Josef（ヨーゼフ）］が堂々とした飾り文字で、勢いよく墓石に刻まれていった。

その光景にうっとりしているとき、Kは目を覚ました。

断食芸人

この数十年で、断食芸人に対する関心はすっかり薄れた。以前なら、この種の興行を自分の手で大規模にやれば、ずいぶん儲かったものだが、今日では、まるでありえない話である。時代が変わった。当時は、町中が断食芸人の話で持ちきりだった。断食が始まると、日を追って関心が高まっていった。誰もが少なくとも1日に1度は見ないと気がすまない。そのうち予約客もあらわれて、格子のついた小さな檻の前に何日もすわっていた。夜も見物できた。効果を高めるために松明（たいまつ）が灯された。晴れた日には檻が外に運び出された。とくにそれは、子どもたちに断食芸人を見物してもらうためだった。大人たちにとって断食芸人は、気晴らしにすぎず、流行だから見物しているだけだった。だが子どもたちは、びっくりして、口をポカンと開け、安全のためしっかり手と手をつないで、じいっと見つめていた。断食芸人は青ざめた顔をし、黒いトリコットのタイツ姿で、肋骨をひどく浮き出たせ、床に無造作に撒かれた藁のうえに、椅子なんかいるものかという顔ですわっている。ときには、上品にうなずきながら、わざとらしい微笑を浮かべて質問に答えたりした。檻の格子から腕を出して、痩せ具合を触らせたりもした。だがその後は、またすっかり自分の中に閉じこもって、誰の相手もしない。檻のなかで唯一の家具といえば時計である。時計が打つ音は、断食芸人にとって非常に重要なはずなのに、それすら気にしない。そして、目をほとんど閉じたまま前を見ているだけで、ときどき、ちっちゃなグラスでちびちび水を飲んでは、唇をしめらせていた。

見物人は入れ替わり立ち替わりやってきた。それ以外に、観客に選ばれた監視役がいつも見張っていた。不思議なことにいつも肉屋だった。断食芸人がこっそり何か食べたりしないように、いつも3人1組で、昼も夜も見張っているのが仕事だった。けれどもそれは、多くの観客を納得させるために採用した、たんなる形式的なものにすぎなかった。常連にはよく知られていることだが、断食芸人は、断食期間中はけっして、どんなことがあっても、たとえ強制されたとしても、これっぽっちも食べ物を口にしたことがなかったのだ。芸の誇りが許さなかったのである。もちろん監視役の誰もがこのことを理解していたわけではない。ときには夜の当番で、きわめていい加減な見張りをするグループがあった。わざと遠くの隅っこに3人ですわって、トランプに熱中する。断食芸人にちょっと息抜きをさせてやろうというつもりなのだろう。どこかに隠しておいた食べ物をこっそり食べているのではないか、と3人は考えた。断食芸人を一番苦しめたのは、こういう監視役だ。おかげで断食芸人は憂鬱になった。おかげで断食することが猛烈にむずかしくなった。そういう監視役のときは、飢えの感覚を克服するために、歌を必死に歌いつづけたこともある。こっそり食べるんじゃないか、と疑われることが、どんなに不当であるか、連中に教えてやるのだ。だが効果はあまりなかった。歌いながらでも食べるという芸が感心されるだけだった。格子のすぐそばにすわって監視されるほうが、はるかにましだった。こちらのグループは、ホールの薄暗い夜間照明には満足できず、興行主に用意された懐中電灯で照らしてくる。ギラギラまぶしい光に乱されることはまったくない。眠ることがそもそも、まるでできなかったのだから。ちょっとウトウトするくらいなら、いつもできた。どんな照明のときでも、どんな時間でも。ホールが満員で、うるさいときでも。監視役がこちらのグループのときは大喜びで覚悟した。よし、今夜は一睡もしないぞ。連中と冗談を言いあい、これまでやってきた巡業の話をし、連中にも話を聞かせてもらうぞ、と喜んで覚悟した。どれもこれも、ただ連中に監視させるためだ。そうすれば、何度も思い知らせてやれる。食い物なんか檻のなかに持ち込んでいないぞ、と。俺みたいな断食、お前たちにはできないだろう、と。一番うれしかったのは、そうやって朝になり、こちらのおごりで豪華な朝食を連中のために運ばせるときだ。連中は、つらい徹夜を終えた健康な男子の食欲で、朝食にかぶりついた。しかしそういう朝食は、具合の悪い影響を監視役にあたえようとするものだ、と考える人たちさえいた。だが、それは考え過ぎというものだ。たとえばストレートに、朝食はつきませんが夜の監視やってもらえませんか、と頼まれたときには、連中はすっと姿を消していた。しかしそれにもかかわらず、断食芸人を疑うことを連中はやめなかった。

しかしそれは、断食芸そのものと切り離すことのできない疑いだった。誰だって、断食芸人が何日も断食をつづけているあいだ、昼夜もずっと見張っていることはできない。だから誰ひとり、本当に完璧な断食をずっとつづけていたのかどうか、自分の目で確かめることができない。それができるのは、断食芸人である本人だけ。だから同時に本人だけが、自分の断食に完全に満足した観客になれるのである。しかし今度は別の理由で、断食芸人には満足できないことがあった。非常に痩せていたけれども、もしかしたら断食のせいなどではなかったのかもしれない。無惨に痩せた姿が気の毒すぎて、見物を控えてしまった人もいたぐらいだ。しかし断食芸人がそんなに痩せていたのは、ただひとつ、自分自身に対する不満のせいにすぎなかった。じつは断食芸人だけが知っていて、断食芸の常連も知らなかったことがある。断食なんて、じつに簡単なことなのだ。世界で一番簡単なことだった。それを黙っていたわけではなかったが、みんな、断食芸人の言うことを信じなかった。せいぜい、謙虚だと思われたぐらいだ。たいていは、宣伝目的だとか、ペテン師なんじゃないかとさえ思われた。たしかにペテン師にとって断食は簡単なことだ。断食のふりなど簡単にできるし、断食のふりをしていることをそれとなく告白する知恵もあるからだ。そういうことはすべて甘受するしかない。何年もたつうちに慣れてしまったのだが、やはり心のなかでは不満が断食芸人をずっと苦しめていた。けれども、これまで一度も、断食期間が終わっても――終了証明書はかならず手渡されたが――自分から檻を出たことはない。断食の上限を興行主は40日と定めていた。それ以上の断食は絶対に認めなかった。世界の大都市でも認めなかった。それには十分な理由があった。40日くらいなら、これまでの経験では、宣伝をじょじょに増やすことによって、町の関心をどんどん煽ることができた。だが40日を過ぎると客足が止まる。人気の明らかな低下が確認できる。もちろんこの点に関して、町と田舎では小さな違いがあった。けれども原則として40日が上限だった。というわけで40日目には、花輪で飾った檻の扉が開かれる。興奮した観客で円形劇場はいっぱいだ。軍楽隊が演奏する。2人の医者が檻に入って、断食芸人に必要な検査をする。メガホンで結果がホールに知らされる。そして最後に2人の若い女性が登場する。自分たちがクジで選ばれたことを喜んでいる。断食芸人が檻から出て段を降りるのを、エスコートしようとする。段の下では小さなテーブルに、慎重にセレクトされた病人食が用意されていた。そしてこの瞬間、断食芸人はいつも抵抗するのである。女性たちが、助けようとして体をかがめて手を伸ばす。断食芸人は自分のほうから、骨と皮だけの腕を女性たちの手にあずけるのだが、立ち上がろうとしない。なんで今、40日が過ぎたばっかりで、止めるんだ？　俺は、もっと長いあいだ、どこまでも長いあいだ、断食をつづけられたんだぞ。なんで、ちょうど今、止めるんだ？　俺の断食、絶好調なのに。いや、まだ絶好調ですらないのに。断食をつづけている俺から、なんで、名声を奪おうとするんだ？　俺はさ、史上最高の断食芸人になろうとしてるだけじゃない。いや、もう史上最高だろうからな。それだけじゃない。さらに俺自身を超えて、誰も理解できない高みに達しようとしているのに。俺は、断食の能力にかけちゃ、限界なんか感じてないんだから。ここでは大勢が、すごいねって顔して、俺のこと見てるようだが、なんで、もう断食させてくれないんだ？俺は我慢して断食をつづけられるのに、なんで、みんなも我慢して、俺に断食させようとしないんだ？　実際、断食芸人は疲れていた。藁のなかにへたり込んでいた。それなのに立ち上がって、食事に行けと言われている。食事するなんて想像するだけで、もう吐きそうだったが、こらえてそれを言わなかったのは、女性たちの気持ちに配慮したからにすぎない。そして2人の女性の目を見上げた。とても優しそうに見えるが、実際は残酷な女たち。断食芸人は、弱々しい首にのっかっている重すぎる自分の頭を横に振った。だがそのとき、いつも起きることが起きた。興行主の登場だ。黙ったまま――音楽がうるさくて、しゃべっても聞こえない――自分の腕を断食芸人の頭上に差し出した。まるで天なる神に呼びかけているようだ。藁のうえにすわっているのは、あなた様の作品です。どうか、この憐れむべき殉教者をご覧ください、と。断食芸人も殉教者にちがいなかった。まったく別の意味でだが。興行主は断食芸人の細い腰を支えるようにして持った。慎重すぎるほど慎重な手つきをして、興行主は、どんなに壊れやすい物を扱っているのか、信じさせようとした。それから――気づかれないように断食芸人をちょっと揺さぶったら、その両脚と上半身がつられてフラフラ揺れていたが――死者のように青ざめた女性たちに断食芸人をあずけた。今や断食芸人は、されるがままだった。頭はガックリ胸のうえ。転がり落ちて、なぜかそこで止まったかのようだ。体は抜け殻。両脚は、自己保存の本能で膝と膝をぴったりくっつけていたのに、その状態で地面を掻いている。まるで、そこが本物の地面ではないかのように。本物の地面を両脚がようやく探している。全体重は、じつに軽かったが、2人のうち1人にかかっていた。目を白黒させ、息を切らしながら――こんな名誉職だなんて予想もしてなかったわ――、最初は首をできるだけそらして、ともかく断食芸人に顔が触れないよう気をつけた。だが、うまくいかない。幸運な同僚は助けてくれようとしないので、骨の小さな束になった断食芸人の手を、震えながら持って運ぶので精一杯だった。ホールはそれに見とれて爆笑につつまれ、名誉職がワッと泣き出した。ずっと前から待機していたアシスタントに交代してもらうしかない。それから食事だ。断食芸人は意識が飛んだみたいに半眠りをつづけている。そのあいだに興行主が口にちょっと流し込む。興行主は陽気なおしゃべりをつづけた。断食芸人の状態から観客の目をそらすためだ。それから、断食芸人が今ささやいた言葉なんですよ、という触れ込みで、乾杯の辞が観客に披露された。オーケストラの大ファンファーレで派手に幕が引かれた。観客がぞろぞろ帰っていく。この見世物に満足しなかったと言う権利は、誰にもなかった。誰にも。ただ、断食芸人には、そう言う権利があった。いつも、ただひとり断食芸人だけには。

そうやって断食芸人は、定期的に短い休みをはさみながら、何年も生きてきた。見たところ栄光につつまれ、世間にもてはやされて。それにもかかわらず、たいてい憂鬱な気分だった。誰もそれを本気にしてくれないので、ますます憂鬱になった。どうやって断食芸人を慰めてやればよかったか？　ほかに何を望んでいたのか？　断食芸人のことを気の毒に思う気立てのいい男がいたとしよう。そして、君の悲しみは断食のせいなんだよ、と説明しようとすれば、とくに断食の進行中に、そんな説明をしようものなら、断食芸人は怒りの発作で反応し、ケダモノみたいに檻の格子をガタガタ揺らしはじめて、みんなを怖がらせたものだった。けれどもそういう状態に対応する手段として、興行主は、好んで罰をあたえた。集まっている観客の前で断食芸人を弁護して、こう言うのである。こんなに苛立っているのはですね、断食のせいなんです。お腹の空いてない人間にはすぐには理解できないことですが、この点をご理解さえいただければ、断食芸人のふるまいもお許しいただけるのではないかと。そう言ってから興行主は、今の話に結びつけて、断食芸人の日頃の主張も紹介する。俺は今よりもずっと長く断食できるぞ、って言うんですよ。そんなふうに言い張るんですが、きっとそこには、偉大なる自己否定ってものも含まれてるんですよね。大したもんだ。興行主は、断食芸人の高邁な努力、お客に喜ばれようとする気持ち、偉大なる自己否定をほめた。しかしそれから、何枚もの写真を見せることによって、いとも簡単に断食芸人の主張をくつがえそうとした。写真は即売された。そこには断食40日目の断食芸人が写っていた。ベッドに横たわり、消耗して、消え入らんばかりの姿だ。こんなふうに真実をねじ曲げられるのは、断食芸人にはすっかりお馴染みだが、しかし毎回、あらためて神経を逆なでされる。本当にうんざりする。断食を早々と打ち切った結果が、ここでは、断食を早々と打ち切る原因として示されたわけだから！　こんなふうに悟性がないことに対して、悟性がないこの世界に対して、闘うのは不可能だった。あいかわらずいつも期待に胸ふくらませ、しっかり格子をつかんで、興行主の話に耳を傾けていたのだが、写真が登場するたびに、格子から手を離し、ため息とともに藁のなかに戻った。安心した観客はふたたび檻に近づいて、断食芸人を見物することができた。

こういうシーンを目撃した人が、数年後に思い返したとき、しばしば自分でもそのシーンが理解できなくなっていた。というのも、冒頭で述べた激変がいつのまにか起きていたのだ。ほとんど突然に起きていた。深い理由があったのだろう。だが誰もそんなことの詮索に興味がなかった。ともかく、ある日、甘やかされてきた断食芸人は、自分が娯楽好きの大勢の人に見捨てられていることに気がついた。別の見世物へ大挙して流れていったのだ。興行主は断食芸人を連れて、もう一度、ヨーロッパの半分を巡業した。どこかでまだ以前の人気に出会えないものか、と思って。まるで駄目だった。どこへ行っても、ひそかに申し合わされていたかのように、断食芸の見世物に対する嫌悪感がまさに醸成されていた。もちろん嫌悪感は突然に生まれたわけではなかった。今、思い返してみれば、前兆がいくつかあった。当時は成功に酔っていて十分に注意を払わなかったが、前兆が十分に隠されていたわけでもなかった。だが今、それに手を打つのは手遅れだ。いつかそのうち断食芸の時代がまたやってくることは、確かではあった。けれども今生きている者には、慰めにならない。さて、断食芸人はどうすればいい？　何千人もの観客の歓声を浴びていた者としては、小さな歳の市の見世物小屋に出るわけにはいかない。別の仕事をするには、年をとりすぎていただけでなく、あまりにも熱狂的に断食芸に身を捧げていた。というわけで、人生のかけがえのない相棒であった興行主と別れて、大きなサーカスに雇われることにした。自分の感情を傷つけないよう、契約条件には目もくれなかった。

大きなサーカスは、たくさんの数の人、動物、器具を絶えずくり返し調整・補充しているので、いつでも誰でも雇い入れることができる。断食芸人でも1人くらいなら、もちろん、それなりのささやかな条件でだが。おまけに今回の特別なケースでは、断食芸をやるという理由だけで彼が雇われたのではない。彼には昔の名声があったからでもある。それどころか、高齢になっても衰えることのないその芸の特性を考えれば、引退し、能力のピークを過ぎた芸人が、気楽なサーカスのポストに逃げ場を求めたとすら言うことはできない。逆に、断食芸人は自信たっぷりに断言した。俺はね、これは完全に信じられる発言だったのであるが、昔とまったく同じように断食ができるんだよ。それどころか、こんなことまで主張したのだ。もしも俺の好きにさせてくれるんならさ――この点についてはすぐ約束されたのであるが――、実際ようやく今、世間をしかるべく驚かしてやれるぜ。もっとも、こういう主張は、時代の気分を考えるなら、関係者の微笑を誘うだけだった。断食芸人は熱意のあまり、すぐ時代の気分を忘れてしまう。

しかし実際のところ、断食芸人も実情を見る目を失ってはいなかった。檻に入った断食芸人は、プログラムのハイライトとして円形演技場の中央に置かれることなどなく、外で、動物舎が並んでいる近くの、ついでに人が通りかかるような場所に置かれていた。それは当然のこととして受け入れた。色文字で描かれた大きな案内板が檻を囲んでいて、檻の中にある見世物を知らせている。観客がプログラムの休憩のときに、動物を見ようと動物舎に殺到するときには、たいてい、どうしても断食芸人のそばを通りかかって、ちょっと立ち止まることになった。その場合、もしかしたらもっと長いあいだ足を止めていたかもしれない。もしも狭い通路に人の波が押し寄せても、観客が見たい動物舎のところへ行く途中、なぜ通路が渋滞しているのか理解して、断食芸人を落ち着いて観察することができるようになっていたら。断食芸人は、観客がやってくることを人生の目的として願っていたわけだが、そんな事情もあったので、観客がやってくる時間帯の前には怖くて震えていた。最初の頃はプログラムの休憩時間が待ち遠しいほどだった。押し寄せてくる人波をうっとりした目で迎えていた。しかし、あまりにも早々と納得することになった――どんなに頑固で、ほとんど意識的な自己欺瞞でさえ、重ねた経験には打ち勝てなかった――。人波は、だいたいその意図から推測するに、くり返し、例外なく、ひたすら動物舎だけをめざしていた。その光景は、遠くから見ているときが一番ましだった。人波がすぐそばまで寄せてくると、絶えず新しいグループをつくりながら、叫びと罵りが嵐となって断食芸人にたちまち襲いかかった。最初のグループは、断食芸人をゆっくり見物しようとした――断食芸人にとっては、すぐに不愉快なグループになった――。断食芸を理解しようというのではなく、後ろから押してくるやつらへの意地と気まぐれで見物しようとするのだ。次のグループは、ともかく動物舎をめざす連中だった。大きな集団が通り過ぎると、のろまのグループが遅れてやってくる。こちらの連中は、立ち止まらないでください、とは言われなくなっていた。だが断食芸人には興味がなく、休憩時間内に動物を見ようと、大股で、ほとんど脇目もふらず、急いで通り過ぎた。だが、幸せなケースもたまにはあった。子連れの父親が断食芸人を指でさして、何をしているのか詳しく説明して、昔話をしていた。お父さんはね、これと似たような見世物で、でも、これなんかとは比べものにならないくらい大がかりな見世物だったけれど、断食芸人をよく見てたんだよ。子どもたちは、家でも学校でも断食芸人の予習をちゃんとしたことがなかったので、あいかわらずポカンとしていた。——子どもたちにとって断食とは何だったのか？——。けれども子どもたちの食い入るような目の輝きのなかに、これからやってくる寛大な新時代の光らしきものが見えた。もしかしたら、と、そんなとき断食芸人はつぶやくことがあった。なにもかも、ちょっとはましになるのかもな。もしも俺の檻が、こんなに動物舎のそばじゃなきゃ。距離が近いので、観客はあまりにも簡単に動物舎のほうへ流れるのだ。ほかにも言うまでもなく、断食芸人をひどく傷つけ、ずっと悩ましていることがあった。動物舎が臭う。夜、動物たちが落ち着かなくなる。檻の前を通って猛獣用の生肉を運んでいる。餌のとき動物が吠える。けれどもサーカスの管理部に苦情を言うのは、控えた。いずれにしても大勢の観客がやってくるのは、動物たちのおかげなのだ。なかには、ときどき断食芸人が目当ての客もいたわけだし。もしもだな、俺の存在を主張するとしよう。おまけに俺は、厳密にいえば、動物舎に向かう途中の邪魔者にすぎない。管理部がそれに気づいたら、俺はどこへ隠されるか、わかったものじゃない。

しかも、小さな邪魔者、どんどん小さくなっていく邪魔者だ。今の時代、奇抜だから断食芸人に注目してもらおうとしても、みんなはすぐ慣れっこになる。慣れっこになられたが最後、断食芸人にはすでに判決が下されていたのだ。力を尽くしてすばらしい断食をしたいと思った。すばらしい断食をした。けれども、もう何の救いにもならない。みんな通り過ぎていく。誰かに断食芸のことを説明してみたら？ 感じない者に、わからせることなどできない。美しい色文字の案内板は、汚れて読めなくなり、外された。新しいものに交換することを誰も思いつかなかった。断食した日数を知らせる小さな札は、最初の頃は几帳面に毎日、数字が更新されていたのだが、ずいぶん前から同じ数字のままだ。最初の数週間で担当者までもがこの小さな仕事に飽きてしまっていたのだ。しかし断食のほうは、断食芸人がかつて夢見たように、つづけられた。しかも、あのとき断食芸人が予言したように、苦労もせずうまくできた。けれども誰も、断食した日数を数えていない。誰も、断食芸人自身でさえ、その成績がどれくらいのものなのか、知らなかった。彼の気持ちは沈んだ。いつかそのうち、暇人が立ち止まって、更新されていない札の古い数字をからかって、ペテンじゃないかと言ったなら、ペテンという言葉こそ、これまでの事情を考えれば、無関心と生まれつきの意地悪がでっち上げることのできる、もっとも間抜けなウソだった。断食芸人があざむいたのではない。断食芸人は誠実に仕事をした。だが世間が断食芸人をあざむいて、報酬を奪ったのだ。

だが、それからまた多くの日が過ぎた。そしてそれも終わりになった。あるとき檻が現場監督の目に留まった。担当者にたずねた。ここに使えそうな檻があるのに、腐った藁（わら）を入れたまま放ったらかしにしているのは、どうして？　誰ひとり答えられなかった。そのうち担当者の1人が数字の札を見て、断食芸人のことを思い出した。干し草用の熊手（レーキ）で藁（わら）をかき回してみると、中に断食芸人がいた。「まだ断食やってるんですか？」と、現場監督がたずねた。「いつになったら止めるつもりなんです？」。「みんな、ごめん」と、断食芸人がささやいた。耳を格子にくっつけていた現場監督だけが、その声を聞き取った。「大丈夫ですよ」と言って、現場監督が指を額に押しつけた。そうやって断食芸人の頭の状態を、まわりにいる従業員にほのめかした。「平気ですから」。「ずうっと俺はさ、俺の断食、みんなにすごいと思われたかったんだ」と、断食芸人が言った。「すごいって思ってますよ」と、現場監督が機嫌をとるように答えた。「でも、すごいなんて思わないでもらいたい」と、断食芸人が言った。「じゃあ、すごいと思わないことにします」と、現場監督が言った。「でも、どうして、そう思っちゃいけないんです？」。「俺はさ、断食するしかないんだよ。ほかには何にもできない」と、断食芸人が言った。「おやおや」と、現場監督が言った。「でも、どうして、ほかに何にもできないんです？」。「それはさぁ」と言って、断食芸人は、小さな頭をちょっと持ち上げ、キスするように唇を突き出して、ひと言も聞き漏らされないように現場監督の耳もとで言った。「俺の口に合う食事に出会えなかったから。そういうのに出会ってたら、俺だって、こんな大騒ぎしないで、たらふく食ってたよ。あんたや、みんなと同じように」。それが最後の言葉だった。しかしその最期の目には、俺はまだ断食をつづけるんだという、もうプライドはないにしても固い決意が浮かんでいた。

「よし、片づけろ！」と、現場監督が言った。断食芸人は藁といっしょに埋められた。檻には若いヒョウが入れられた。長いあいだ放ったらかしにされていた檻で、この野生の動物が寝返りを打っているのを見ることは、どんなに鈍感な人にも確実な気晴らしになった。ヒョウは満足だった。好きな餌は、飼育係があれこれ悩むことなくすぐに運んでくれた。自由すら不足していないようだ。必要なものをすべて、はち切れんばかりに備えている、この高貴な体は、自由をも身につけて運んでいるようだ。歯列のどこかに自由が隠れているようだ。生きる喜びが、燃えるような熱とともに喉から吐き出される。見物人がそれに耐えるのは簡単ではなかった。しかし見物人はそれに負けることなく、檻のまわりに殺到して、梃（てこ）でも動こうとしなかった。

歌姫ヨゼフィーネ、またはハツカネズミ族

あたしたちの歌姫の名前は、ヨゼフィーネ。ヨゼフィーネの歌を聴いたことがない人は、歌の力を知らない人です。誰もがヨゼフィーネの歌に心を奪われます。それは、だいたいあたしたちハツカネズミ族が音楽好きではないだけに、いっそう高く評価するべきことです。静かな平和こそ、あたしたちの最愛の音楽。あたしたちの人生は重く苦しい。たとえ毎日の心配ごとをすべてふり払おうと努力したところで、自分をもう、普段の生活から遠く離れた場所にまで高めることはできません。音楽とは違うのです。だからといって、ひどく嘆いているわけではありません。嘆くレベルにすら達していないのです。ある種の実用的なずる賢さは、もちろんあたしたちの必需品だけど、そのずる賢さを自分たちの最大の長所だと思っています。ずる賢い微笑を浮かべて、どんなことにもめげずに自分を慰めるようにしているのです。たとえいつか、——こんなことはありませんが——音楽から生まれてくるかもしれない幸せを願うようになるとしてもね。ただヨゼフィーネだけが例外なんです。ヨゼフィーネは音楽が好きで、音楽を伝えてくれることもできます。それができるのはヨゼフィーネだけ。ヨゼフィーネがいなくなると、音楽はあたしたちの生活から——どれくらいの期間なのか見当もつかないけれど——消えてしまうでしょう。

あたしはしばしば考えたものです。ヨゼフィーネの音楽って、いったいどういうものなんだろう。だってあたしたちは、まったく音楽的ではないのですから。どのようにしてあたしたちは、ヨゼフィーネの音楽を理解しているのか。いえ、〈理解している〉なんて言うと、ヨゼフィーネに否定されるので、少なくとも〈理解していると思っている〉のか。一番簡単な答えは、ヨゼフィーネの歌はあまりにも美しいので、どんなに鈍い感覚でもその美しさには抵抗できないのだ、ということになるでしょう。でもその答えには満足できません。もしも本当にそうなら、ヨゼフィーネの歌を耳にすると、まず最初に、そしていつも、並外れたものだという気持ちになるはずですよね。その喉から響いてくるのは、これまで聴いたことがない何か、あたしたちには聴く能力もない何かなのだ、という気持ちに。ほかの誰でもなく、ただこのヨゼフィーネひとりが、その何かを聴く能力をあたしたちにあたえてくれているのだ、という気持ちに。でも、あたしはそんなふうには思えません。あたしはそんな気持ちになりません。そんな気持ちになっている人を見かけたこともありません。気心の知れた仲間うちでは、はっきり言われているんです。ヨゼフィーネの歌ってさ、並外れた歌じゃないよね。

そもそも歌なのでしょうか？　あたしたちは非音楽的ですが、歌の伝承があるのです。遠い昔のハツカネズミ族には、歌がありました。その伝説があります。歌謡が保存されています。もちろん誰ももう歌えませんが。ですから、歌がどういうものか、あたしたちは理解しています。ところがヨゼフィーネの芸術は、あたしたちが理解している歌とはまるで別物なのです。そもそもあれは歌なのでしょうか？　もしかしたら、チュウチュウ鳴く口笛にすぎないのでは？　口笛だったら、もちろん、誰でも知っています。あたしたちハツカネズミ族がもともと持っている技能です。いえ、むしろ技能なんかじゃなく、生きているという特別の合図なんです。あたしたちはみんな、チュウチュウ口笛を吹きます。でも、もちろん誰も、それを芸術だなんて言おうとも思いません。そんなことに注意も払わず、それどころか気づきもせず、チュウチュウ口笛を吹いているのです。なかには、チュウチュウ口笛を吹くのがあたしたちの特徴であることを、まったく知らない者さえ大勢いるのです。ですから、これから仮定の話をします。ヨゼフィーネは歌っているのではなく、口笛を吹いているだけだ。それどころか、もしかすると、少なくともあたしにはそう思えるのだけど、普通の口笛の域にすら達していないかもしれない。――たしかに、もしかすると、ヨゼフィーネの力では普通の口笛すら、まともに吹けないかもしれない。ところが道路工事をする人なら普通、一日中、仕事しながら平気で口笛を吹いている。――もしもこういうことがすべて本当なら、芸術家気取りのヨゼフィーネは芸術家ではないということになるでしょう。しかし、だからこそいっそう、なぜヨゼフィーネが大きな影響力をもっているのか、その謎を解く必要があるわけですよね。

けれども、ヨゼフィーネがやっているのは、やはりただの口笛ではありません。ヨゼフィーネからしっかり距離をとって、耳を澄ます。いえ、こう言うほうがいいかな。そんなふうにして自分の耳をテストしてみる。つまり、ヨゼフィーネがほかの声に混じって歌っているとき、ヨゼフィーネの声を聞き分けなさい、という課題を自分に出してみる。すると、どうしても聞こえてくるのは、普通の口笛だ。まあ、せいぜい、繊細な口笛、また弱々しい口笛といったところで、ちょっと印象に残る程度ですね。しかしヨゼフィーネが目の前にいるときは、やはり口笛を吹いているだけではない。その芸術を理解するためには、ヨゼフィーネを聴くだけでなく、見ることも必要不可欠なのです。たとえそれが、あたしたちが毎日のように吹いている口笛にすぎなくても、やはりヨゼフィーネの場合、ともかく不思議なことが起きている。つまり、ありきたりのことをするために、誰かが儀式ばって身構えているわけです。クルミを割ることは、芸術なんかじゃありません。ですから誰も、わざわざ観客を集めて、目の前でクルミを割って、観客を楽しませようなどとはしない。にもかかわらず誰かがそれをやって、思い通りにうまくいったなら、それは、たかがクルミを割るだけのことじゃなくなる。いいかえれば、クルミを割ることではあるけれど、それで明らかになることがある。つまり、あたしたちは、いとも簡単にクルミを割っていたので、クルミ割りという芸術を見過ごしていたのです。そんなふうに新しいクルミ割りの登場によって、はじめてクルミ割りの本来の姿が見えるわけです。その場合、あたしたち大勢よりちょっと下手くそなクルミ割りのほうが、効果的ですらあるわけですが。もしかするとこれと似たようなことが、ヨゼフィーネの歌について言えるかもしれない。あたしたちは、自分で自分をすごいなんてこれっぽっちも思わないことを、ヨゼフィーネについては、すごいと思っているわけです。ちなみに、自分で自分をすごいと思わないという点に関して、ヨゼフィーネとあたしたちは意見が完全に一致しています。あるとき、こんな場面に居合わせました。誰かがヨゼフィーネに、もちろんこれはよくあることなのですが、ハツカネズミ族のみんながやっている口笛にも注目してもらいたい、と言ったのです。それも、ごく控えめに。でも、もうそれだけでヨゼフィーネは我慢ならなかった。あのときヨゼフィーネが浮かべたような不遜で高慢な微笑は、それまで見たことがありませんでした。ヨゼフィーネの見た目は繊細そのものです。ハツカネズミ族には繊細な女ネズミがたくさんいるのですが、なかでも目立って繊細なヨゼフィーネが、あのときばかりはまったく粗野に見えました。ちなみに、ものすごく敏感なヨゼフィーネのことですから、自分でもすぐに気がついて、普段の顔に戻りましたが。そんなわけで、ともかくヨゼフィーネは、自分の芸術と口笛には関連などない、と否定するのです。自分とは反対意見の者を、軽蔑するだけ。自分ではそんなことはないと言いますが、どうやら嫌悪するだけなのです。これは、よくある虚栄心ではありません。というのも、野党は、あたしも半ばその野党の一員ですが、多数派の与党に劣らず、たしかにヨゼフィーネのことをすごいと思っているのですから。しかしヨゼフィーネは、すごいと思われるだけでは駄目なのです。自分の定めたスタイルにぴったり合ったかたちで、すごいと思われなければ気がすまない。すごいと思われるだけでは無意味なんです。ヨゼフィーネを目の前で聴けば、ヨゼフィーネのことが理解できる。野党になるのは、遠くにいるからです。ヨゼフィーネを目の前で聴けば、わかります。ヨゼフィーネがここで吹いている口笛は、口笛ではないのだ、と。

口笛を吹くのは、あたしたちが何も考えずにやっている習慣のひとつですから、ヨゼフィーネの歌を聴く者たちも口笛を吹くのではないか、と思われるかもしれません。ヨゼフィーネの芸術に接すると、気持ちがよくなります。気持ちがよくなると、あたしたちは口笛を吹きます。けれどもヨゼフィーネの歌を聴く者は、口笛を吹きません。チュウとも鳴きません。チュウとでも鳴くと、あたしたちは平和から遠ざけられてしまう。あたしたちは、待ち望んでいた平和にあずかったかのように、黙っています。あたしたちをうっとりさせるのは、ヨゼフィーネの歌でしょうか？　それともむしろ、か弱い声をとり囲んでいる厳かな静けさなのでしょうか？　あるとき、こんなことがありました。どこかのお馬鹿なおチビちゃんが、ヨゼフィーネが歌っている最中に、まるで無邪気に自分でも口笛を吹きはじめたのです。ところで、その口笛は、ヨゼフィーネの口から聞こえてくるのとまったく同じ口笛でした。あちらの前方では、ルーティーン・ワークそのものなのに、あいかわらずおずおずと吹かれている口笛。そしてこちらの観客席では、子どもが夢中になって吹いている口笛。その違いを説明しようとしても無理でした。なのに私たちはすぐに、シーッとうなり、チュウと鳴いて、小さな邪魔者を黙らせたのです。そんな必要はまるでなかったにもかかわらず。というのも、そういうことがなくてもその子はきっと、不安になり恥ずかしくなって、こそこそと隠れたことでしょうから。そのあいだにヨゼフィーネは、勝利の口笛を吹きはじめていました。両腕を大きく広げ、これ以上伸ばせないほど首を伸ばして、うっとりとなっていたのです。

ちなみにヨゼフィーネは、いつもそんなふうにしています。どんなに些細なことでも、どんなアクシデントでも、どんなに手に負えないことでも、平土間でパチンと音がしても、歯ぎしりでも、照明の故障でも、自分の歌の効果を高めるチャンスだと考えるのです。聞こえない耳にむかって自分は歌っているのだと考えています。歓声や拍手にこと欠くことはありません。しかし、自分が思っているように本当に理解されることは無理なのだ、と、とっくの昔にあきらめていた。だからどんな邪魔が入っても大歓迎。ヨゼフィーネの歌がヨゼフィーネの歌であることを外から邪魔されても、ヨゼフィーネがちょっと闘うだけで、いや、闘うこともせず向き合うだけで、邪魔にならなくなる。だから、どんな邪魔でも、大勢の者の目を覚ますことに貢献するわけです。理解は無理としても、そこには何かあるぞというリスペクトを、大勢の者に抱かせることに貢献するわけです。

小さなことがこんなふうにヨゼフィーネの役に立つのだから、大きなことならなおさらです。あたしたちの生活は非常に落ち着きがないものです。毎日のように、驚きや、不安や、希望や、恐れに見舞われます。昼も夜もつねに仲間の支えがなければ、これらすべてにひとりで耐えることはできないでしょう。たとえ支えがあったとしても、しばしば毎日が本当に重くなる。本来たったひとりに定められていた重荷に、千もの肩が震えていることもあります。そんなときがヨゼフィーネの出番なのです。もう登場しています。華奢(きゃしゃ)な体で、とりわけ胸の下のほうを不安で震わせながら。まるで、自分のすべての力を歌のなかに集めたかのようです。まるで、ヨゼフィーネの体で歌に直接かかわらないあらゆる部位から、すべての力が、生きる可能性をもったほぼすべてのものが、抜き取られたかのようです。まるで、ヨゼフィーネが裸にされ、見捨てられ、天使の守護にだけゆだねられているかのようです。まるで、そうやって自分をすっかり抜き取られて歌のなかに住んでいるヨゼフィーネが、冷たいそよ風に頬をなでられるだけで死んでしまいかねないかのようです。しかしそんな姿を目にしながら、自称あたしたち野党は、こんなことを言い合ったものです。「口笛ひとつ吹けないじゃないか。あんなに恐ろしいほど緊張しなくちゃならないんだね。歌を——いや、歌と言うのはやめようよ——じゃ、国でみんながやっている口笛を、なんとかしぼり出すために」。そんなふうにあたしたちには見えるのです。けれどもこれが、すでに触れたように、たしかに避けようのない、しかし束の間の、すぐに消える印象です。早速あたしたちも、ぬくぬくと、体と体をくっつけ合い、臆病に呼吸をしながら耳を傾けている多数派の、気持ちにひたるわけです。

ところで、あたしたちハツカネズミ族は、ほとんどいつも動いています。しばしば目的もそれほどはっきりしないのに、あちらへこちらへ突っ走ります。そんなハツカネズミ族の多数派を自分のまわりに集めるために、ヨゼフィーネはたいてい、あのポーズをとるだけでいい。小さな頭をそらして、口は半開き、高いところを見上げて、さ、歌うわよ、と暗示するポーズです。その気になれば、どこでもそのポーズになれます。見通しのいい広場でなくても大丈夫。どこか人目につかない、たまたまそのときの気分で選んだ片隅でも十分なのです。ヨゼフィーネが歌うぞ、という知らせはすぐに広まり、まもなく行列ができます。さて、ときどき邪魔が入ります。ヨゼフィーネは、みんなが興奮しているときにこそ、好んで歌います。たくさんの心配と必要に迫られて、あたしたちは、そこへ行くルートをたくさん考えることになります。どんなに急いでも、ヨゼフィーネが望むように早く集まることができません。そうなるとヨゼフィーネは、大袈裟なポーズをしたまま、もしかしたらしばらくのあいだ、聞き手の数も不十分のまま、待っています。――もちろんヨゼフィーネは腹を立て、じだんだ踏んで、女子らしからぬ悪態をつき、それどころか嚙みついたりもする。でも、そんな態度をとっても、名声が損なわれることはありません。ヨゼフィーネに過大な要求をされても、ちょっとむずかしいですね、と言うかわりに、要求に添えるよう、みんなで頑張ります。使いを走らせ、聞き手を集めるのです。そのことはヨゼフィーネには秘密にしておきます。周辺の道には配置された立ち番の姿が見えます。

やってくる人に、どうぞ急いでください、と手で合図しています。会場がまずまずの人数で埋まるまで、こういうことをつづけるのです。

どうしてハツカネズミ族は、駆り立てられるようにして、ヨゼフィーネのために骨を折るのでしょうか？　ヨゼフィーネの歌についての質問と同様に、答えるのが簡単ではない質問です。ヨゼフィーネの歌についての質問は、ヨゼフィーネとも関係していますから。たとえば、ハツカネズミ族は歌ゆえにヨゼフィーネに無条件に心服しているのだ、と主張できるなら、最初の質問は取り消して、2番目の質問だけで十分でしょう。しかし、まったくそうではない。無条件の心服ということをあたしたちハツカネズミ族はほとんど知らないのです。ハツカネズミ族の一番の好物は、明らかに無害なずる賢さ。子どものひそひそ話とか、明らかに罪はなく、唇を動かしているだけの噂話とか。そんなハツカネズミ族ですから、無条件に心服することなどまずありえません。そのことはヨゼフィーネも感じているようです。だからこそヨゼフィーネも、か弱い喉をふりしぼって闘っているわけです。

もちろん、こんなふうに一般的な判断をするときには、一般化しすぎてはなりません。ハツカネズミ族は、たしかにヨゼフィーネに心服はしていますが、無条件にというわけではありません。たとえば、ヨゼフィーネのことを笑うことはできません。ヨゼフィーネについては笑ってしまうような点がいくつかある、と認めてもかまいません。笑うということだけに話をしぼれば、あたしたちはよく笑います。生きていると悲しいことがいろいろありますが、かすかに笑うことは、いわば、あたしたちのお家芸のようなもの。けれどもヨゼフィーネのことを笑うことはありません。これは、ときどきあたしが抱く印象なのですが、ハツカネズミ族は、ヨゼフィーネとの関係を次のように理解しているのです。つまり、ヨゼフィーネというのは、壊れやすくて、いたわってやる必要がある存在だ。ある意味では、すばらしい存在、本人の意見では、歌がすばらしい存在であり、その身が、われわれハツカネズミ族にゆだねられている。われわれは、ヨゼフィーネの面倒を見るしかない、と。こんなふうに理解する理由は、誰にもはっきりわかりません。ただ、そのような事実は、たしかにあるようなのです。ところで、自分にゆだねられているものを、あたしたちは笑ったりしません。笑ったりすれば、義務を傷つけることになるでしょう。これは、あたしたちハツカネズミ族のなかで一番意地悪な連中が、ヨゼフィーネにしてみせる一番ひどい意地悪なのですが、連中ったら、ときどきこう言うのです。「ヨゼフィーネを見ると、笑いが消えちゃうんだよね」

そういうわけでハツカネズミ族は父親のように、ヨゼフィーネの面倒を見ているのです。小さな手を——頼んでいるのか、要求しているのか、よくわからないのですが——差し出してくる子どもの面倒を見ている父親といったところです。あたしたちハツカネズミ族はそういう父親の義務を果たすには向いていない、と思われることでしょう。けれども実際は、少なくともヨゼフィーネが相手の場合、お手本のように果たしているのです。ひとりなら絶対にできないことだと思います。しかしこの件は、ハツカネズミ族が集団でやればできることなのです。もちろん、集団と個人の力の差は、とてつもなく大きい。ですが、守るべきヨゼフィーネをハツカネズミ族が、自分たちのぬくい、ぬくもりのなかに引き寄せるだけで十分なのです。それで十分に守られているのです。もっとも、ヨゼフィーネにむかってそういうことを話す度胸のある者はいませんが。話そうものなら、「あんたたちに守られてる？　チューッ、ブーイングの口笛だね」と言われます。「おう、おう、口笛吹くんだ」と、あたしたちは思います。そしておまけにヨゼフィーネが抵抗しても、それは反論なんかではないのです。むしろそれは、まったく子どものすることで、子どもなりに感謝しているわけです。ですから父親としては、そんなこと気にしなければいいのです。

ここでやっぱり、別の問題が割り込んできます。ハツカネズミ族とヨゼフィーネの関係からでは、もっと説明しづらい問題です。ヨゼフィーネが真逆の意見をもっているからです。自分こそがハツカネズミ族を守っているのだ、と思っている。政治や経済のひどい状況からハツカネズミ族を救っているのは、自分の歌なのだ、と。ほかでもないそれをやっているのが、自分の歌なのだ、と。不幸を追い払わないとしても、少なくとも、不幸に耐える力をあたえているでしょうが、と。ヨゼフィーネは、そのことを口に出しません。ほかの言い方をするわけでもない。だいたい、あまり口をきかないのです。おしゃべりなハツカネズミ族のなかでは口数が少ない。でも、その目に稲妻が走り、閉じた口から――口を閉じていられるのは、ハツカネズミ族ではごく少数に限られますが、ヨゼフィーネにはできるのです――そのことが読み取れるのです。悪い知らせが届くとかならず――そう、日によっては悪い知らせが次々に舞い込んでくるのです。偽の知らせや、いい加減な知らせも混じって――すぐに体を起こします。普段はぐったりと床に寝ているのに、体を起こして、首を伸ばし、自分の群れを見渡そうとするのです。嵐が来る前の羊飼いのように。たしかに子どもだって、似たような要求をするときは乱暴で勝手気ままですが、ヨゼフィーネの場合は、子どもとちがって理由がある。もちろん、ヨゼフィーネはあたしたちを救ってはいないし、どんな力をあたえてくれるわけでもありません。ハツカネズミ族の救い主を気取るのは簡単なことです。ハツカネズミ族は、苦難に慣れている。自分を甘やかさない。すばやく決断する。死に親しんでいる。いつも向こう見ずな雰囲気のなかで生きていて、見かけだけはびくびくしている。そのうえ多産で、大胆でもあります。——簡単なんですよね。後になってハツカネズミ族の救い主を気取ることなんて。ハツカネズミ族はこれまでいつも、自分たちの手でどうにかして自分たちを救ってきたのです。何人も犠牲者を出しながらにしても。犠牲者のことを知って歴史家は——だいたいあたしたちは、歴史の研究をすっかりおろそかにしていますよね——恐怖のあまり凍りついています。けれどもこれも本当のことですが、あたしたちは苦境のときにこそ、ヨゼフィーネの声に、普段より耳をしっかり傾けます。頭のうえで脅し文句が聞こえてくると、あたしたちは、もっと静かになり、謙虚になり、ヨゼフィーネの偉そうな命令に従うようになるのです。喜んで集まり、喜んでひしめき合うのです。とくに、あたしたちを苦しめている本題からうんと離れている問題がきっかけの場合、そうなるのです。あたかも、闘いを前にして、みんなで平和の杯を急いで——そうなんです、急ぐことが必要なのに、それをヨゼフィーネはじつによく忘れるのですが——飲み干しているかのような光景です。歌の公演というよりは、むしろ国民集会です。しかも、前の席で小さな口笛も鳴らず、静まりかえっている集会です。あまりにも厳粛な時間なので、誰もおしゃべりしようとしません。

こういう関係に、もちろん、ヨゼフィーネが満足できるわけはありません。自分の置かれている立場が完全にはハッキリしていないので、イライラして不機嫌なのですが、それにもかかわらず、自意識のせいで目がくらんでいるため、見えていないことがいくつかあるのです。だから、もっと多くのことをヨゼフィーネに見落とさせることも簡単にできます。おべっか使いの連中が、そのために、つまり厳密には公益のために、休みなくお世辞を言っているわけです。——ところで、ほんのついでに、気づかれることもなく、国民集会の片隅で歌うことは、それなりのことであるにもかかわらず、そんなことのために、きっとヨゼフィーネは自分の歌を捧げたりしないでしょう。

しかし、そんな必要はありません。ヨゼフィーネの芸術は気づかれているのですから。あたしたちは実際、まったく別のことに気を取られています。また会場は静まりかえっています。たんに歌のせいだけではなく、目も上げず、顔をお隣の毛皮にうずめている者もいるからです。だからヨゼフィーネが舞台でむなしく奮闘しているように見えるわけです。しかしそんな状況にもかかわらず、――これは否定しようのないことですが――ヨゼフィーネの口笛がもっている何かが確実にあたしたちのところに迫ってくるのです。その口笛は、ほかのみんなが沈黙を命じられている場所で、響いてきて、まるでハツカネズミ族のメッセージのように個々の者に届くのです。重い決断のさなかに聞こえてくるヨゼフィーネのか細い口笛は、敵意に満ちた世界の喧騒のさなかにあるあたしたちハツカネズミ族の存在と、ほとんど同じようなものです。ヨゼフィーネが自己主張をしている。その取るに足りない声が、その取るに足りない演奏が、自己主張をして、道を切り開いてあたしたちのところへやってくる。そのことを思い出すと気分がよくなります。本物の歌の芸術家が、いつかあたしたちのところに現れるようなことがあれば、そんな時代なら、きっとあたしたちは耐えられなくなって、そういう芸術家のナンセンスな公演を全員一致で拒否することでしょう。〈ヨゼフィーネの歌に耳を傾けるという事実こそ、ヨゼフィーネの歌を認めない証拠である〉といった見解からヨゼフィーネを守りたいものです。ヨゼフィーネもそういう見解があることを知っているのでしょう。でなければ、あたしたちがヨゼフィーネの歌に耳を傾けることを、あんなに猛烈に否定しないと思います。けれどもヨゼフィーネはあいかわらず歌っています。そんな意見など、口笛でピーッと吹き飛ばして。

でもほかにもまだ、ヨゼフィーネには慰めと呼べるようなものがあります。やはりあたしたちも、それなりに真剣にヨゼフィーネの歌に耳を傾けるわけですから。たぶん、歌の芸術家に耳を傾けるのと似た感じで。ヨゼフィーネの歌には効果があるのです。歌の芸術家がどんなに求めても得られない効果。ヨゼフィーネの資質が不十分だからこそ得られる効果。たぶんそれは、とりわけあたしたちの生き方に関係しています。

あたしたちハツカネズミ族には青春がありません。ささやかな子ども時代もほとんどありません。たしかに、いろんな要求が定期的に出されます。子どもたちには特別な自由、特別な思いやりを保証するべきである。少しはのんびりする権利を、少しは馬鹿みたいにはしゃぎ回る権利を、少しは遊ぶ権利を、と。そういう権利を承認して、その実現に助力するべきである。こういう要求が出されると、ほとんど誰もが賛成します。そのほかに承認されるべきことはありません。しかし現実の生活では、そのほかに承認できるものもありません。要求は賛成され、趣旨にそって試みがなされます。けれども、まもなくすべては昔のまま。あたしたちの人生は、まさに次のような具合なのです。子どもは、チョロチョロと走って周囲の識別ができるようになるやいなや、自分の面倒は、自分で見なくてはならない。大人と同じように。あたしたちは経済のことを考えて、散らばって暮らすようになってしまったのですが、その領域が広すぎます。敵の数が多すぎるのです。いたるところで待ち受けている危険は、あまりにも予測がつかない。あたしたちは子どもたちを生存闘争から遠ざけることができないのです。もしもそんなことをすれば、子どもたちは早々と終わりを迎えることでしょう。こんなに悲しい理由のほかに、もちろん、気分を高めてくれる理由もあります。つまり、ハツカネズミ族の種族が多産だということです。世代が——どの世代も大人数ですが——次々に押し寄せてきます。子どもたちに子ども時代がない。ハツカネズミ族でなければ、子どもたちはていねいに育てられるでしょう。おチビちゃんたちの学校が建てられるでしょう。学校からは毎日、子どもたちがどっと出てくることでしょう。

ハツカネズミ族の未来ですね。そうやって長いあいだ毎日のようにそこから、いつも似たような子どもたちが巣立っていきます。あたしたちのところには学校がありません。でもあたしたちハツカネズミ族では、じつに短期間で、子どもたちが見渡せないほどの群れとなって、どっと出てきます。まだチュウチュウと口笛が吹けないうちは、うれしそうにフッフッ、ピイピイと鳴きながら。まだ走れないうちは、転がったり、みんなに押されて転がされながら。目が見えないあいだは、集団のなかを不器用にどんなものでも浚いながら。それが、あたしたちの子どもたちなんです！　あちらの学校とちがって、似たような子どもたちではありません。そうです、いつも、いつもいつも新しい子どもたち。終わることなく、途切れることなく。子どもが出てきたと思ったら、もう子どもじゃない。その後ろには新しい子どもの顔がひしめいています。数が多くてスピードも速いので、見分けがつきませんが、幸せでほっぺたをバラ色に染めて。たしかにこれは、とてもすてきなことです。ほかの民族は当然、あたしたちをとても羨ましく思っています。でも、たとえそうだとしても、本当の子ども時代というものを、あたしたちは子どもたちにあたえてやれない。その結果というか、子どもらしさといったものが、死に絶えることなく、根絶やしにされることなく、ハツカネズミ族には染み込んでいる。絶対に確実で実用的な悟性があたしたちの最上の取り柄なのですが、まさにそれに矛盾して、まったく馬鹿げた行動をすることがあるわけです。それも、子どもが馬鹿げた行動をするのと、まったく同じように。無意味なことをし、むだ遣いをし、気前よくふるまい、軽率な行動をする。しかも、しばしば、どれもこれも、ちょっとした気晴らしのためなんですからね。それを喜ぶとき、当然あたしたちは、子どもみたいに全身で喜べなくなっていますが、でもその何分の一かは確実に子どもっぽさが残っている。ハツカネズミ族のそんな子どもらしさのおかげで、以前からヨゼフィーネも得をしているのです。

しかし、あたしたちハツカネズミ族は、子どもらしいだけではありません。ある意味、早々と年をとります。すぐに大人になる。子ども時代と老年が、ほかの民族とは違うのです。青春がありません。すぐに大人になる。それからずうっと大人のまま。そこから幅広のシュプールを描きながら、ある種の疲労感と絶望が、概してたくましくて希望を捨てないハツカネズミ族のあり方をつらぬいているのです。たぶんそのせいもあって、あたしたちは音楽的ではないのでしょう。年をとりすぎているので、音楽に向いていない。音楽の興奮、音楽の高揚が、重苦しいあたしたちには合いません。疲れているので、音楽をふり払う。チュウチュウ鳴く口笛に戻ってしまったのです。あちらでチュウ、こちらでチュウ。その程度の口笛が、あたしたちにはちょうどいい。ハツカネズミ族には音楽の才能がある者がいないのかもしれませんね。もしもいたとしても、同胞の性格からして、才能が花開く前に抑えつけられてしまうでしょう。逆にヨゼフィーネは好きなだけ口笛を吹いてもいい。いや、歌ってもいい。まあ、どう呼ぶかは、ヨゼフィーネにまかせましょう。口笛にせよ、歌にせよ、あたしたちの邪魔にはなりません。あたしたちに合っているのです。十分に耐えることができます。そこに音楽のかけらが含まれているとしても、それは可能なかぎりゼロに近づけられている。ある意味で音楽の伝統を守っているのですが、だからといってまるで重苦しさが感じられないのです。

けれどもヨゼフィーネは、こういう気分のハツカネズミ族に、もっと多くのものをもたらしています。ヨゼフィーネのコンサートでは、とくに深刻な時代には、うんと若い者たちしか歌手ヨゼフィーネに関心をもちません。彼らだけが驚いて見ているのです。ヨゼフィーネは唇をすぼめて、かわいらしい前歯のあいだから息を吐き出し、自分が出している声にうっとりして死んだようになり、その陶酔を利用して、自分を奮い立たせて、自分にもますます理解しがたくなっていく歌に新たに挑戦しています。けれども、それ以外の大勢は、——はっきり見分けられますが——自分のなかに引きこもってしまっている。コンサートという、闘いと闘いのあいだの束の間のインターミッションで、ハツカネズミ族は夢を見ているのです。まるで、ひとりひとりが手足をリラックスさせているみたいに。まるで、休むことのなかった人がハツカネズミ族の大きな暖かいベッドで、好きなだけ体を伸ばしているみたいに。そして、そうやってみんなが見ている夢のなかへ、ときどき響くのがヨゼフィーネの口笛なのです。ヨゼフィーネはそれを、真珠を転がすような口笛と呼び、あたしたちは、石を転がすような口笛と呼んでいます。しかしいずれにしても、ヨゼフィーネの口笛は、ほかならぬコンサートで所を得ているのです。音楽が今ようやく、音楽を待っている瞬間を見つけて、時を得ているように。貧しくて短い子ども時代のかけらが、そこに入っています。二度と見つけることのできない失われた幸せのかけらです。でも、息をしている現在の生活のかけらも、そこに入っています。ちっぽけで、つかむことができないけれど、たしかに存在していて、押し殺されることがない元気のかけら。そしてそれらは、実際、大きな声で語られるのではなく、ひっそりと、ささやくように、親しみをこめて、ときには、ちょっとかすれた声で語られるのです。もちろん口笛で。なにか問題でも？　口笛がハツカネズミ族の言語なのです。ただし、死ぬまで口笛を吹いているのに、そのことに気づかない者もいます。しかしコンサートでは口笛が、日々の生活のくびきから解き放たれ、ほんの束の間ですが、あたしたちを自由にしてくれる。たしかに、こういう公演はなくしたくないものです。

しかし、こういう意見とヨゼフィーネの主張のあいだには、まだまだずいぶん距離があります。ヨゼフィーネは、「わたしがね、こういう深刻な時代、みなさんに新しい力をあげてるのよ」などなどと主張しているわけだから。普通の人たちにとっては、もちろん飛躍した主張なのです。でも、ヨゼフィーネにおべっかを使う連中は、そうは思わない。「その通りです」——と、本当に恥ずかしげもなく言う。——「そんなふうにしか説明できないんですよ。とくに、危険が目の前に迫ってるときに、大勢の人が詰めかけてくることは。そのせいで、これまで何度か、まさに目前の危険を未然に防げなかったこともありますが」。そう、残念ながら後半の文章は正しい。でも、ヨゼフィーネの名誉として数えることはできません。とくに、あのことを思い出せば。こういう集会が敵の不意打ちで爆破され、同胞からは死者が出たことがありました。

すべてヨゼフィーネの責任です。それどころか、もしかしたら口笛が敵をおびき寄せたのかもしれません。それなのにヨゼフィーネは、いつも一番安全な場所を確保し、取り巻きに守られて、こっそり大急ぎで真っ先に姿を消しました。でもそれも結局、みんなが知っています。にもかかわらず、そのうちヨゼフィーネの気が向いて、いつかどこかで歌うことにすると、みんな急いで駆けつける。このことから、こう考えることができます。ヨゼフィーネはほとんど掟の外にいるのだ、と。ヨゼフィーネは自分のやりたいことを、たとえハツカネズミ族全体を危険にさらしても、やってもいいのだ、と。ヨゼフィーネは何をやっても許されるのだ、と。もしもこの推測どおりなら、ヨゼフィーネの要求も完全に理解できます。ハツカネズミ族がヨゼフィーネにあたえているその自由は、異例のプレゼント、ほかの誰にも許されないプレゼント、そもそも掟を否定することになるプレゼントなわけです。その自由というプレゼントは、いわばハツカネズミ族の告白なのでしょうね。「俺たちはさ、ヨゼフィーネが主張してるように、ヨゼフィーネを理解してない。ぼーっとヨゼフィーネの芸術をながめて感心してる。俺たちは、自分がヨゼフィーネに値しないと感じてるんだ。俺たちはヨゼフィーネを理解できないので、ヨゼフィーネに気の毒に思われてるが、その穴を埋めようとしてさ、必死になってヨゼフィーネの歌に耳を傾けてるわけ。ヨゼフィーネの芸術って、俺たちの理解力を超えてるけど、それと同じように、ヨゼフィーネの人格やその願いも、俺たちの命令権を超えてるんだな」。ところで、この告白は、まったくもって正しくありません。もしかすると個人としてならハツカネズミ族は、あっけなくヨゼフィーネに降参するかもしれません。ですが無条件では、ハツカネズミ族は誰にも降参しません。だからヨゼフィーネにも降参しません。

ずいぶん前から、もしかしたら芸術家として活動をはじめてからずっと、ヨゼフィーネは、自分には歌があるのだから、あらゆる労働を免除してもらいたい、と強く要求しています。つまり、日々のパンの心配を、それだけでなく生存闘争にまつわるもろもろの心配を取り除いてもらいたい、そしてそれらは——どうやら——ハツカネズミ族全体で負担してもらいたい、というのです。すぐに感激してしまうファンなら——実際そういうファンがいたのですが——、その要求の特殊性をかんがみるだけで、そういう要求を考え出せる精神構造をかんがみるだけで、内的に正当化される要求だと考えるかもしれません。しかしあたしたちハツカネズミ族は、別の結論に達し、その要求を静かに拒否します。請願理由を否定することもそれほど苦労はしません。

それに対してヨゼフィーネが、こんな指摘をします。「働いたら神経が疲れて声を傷めるのよ。たしかにね、働いて神経が疲れるのは、歌うときに神経が疲れるのに比べれば大したことじゃない。でも、働いて神経が疲れたら、歌のあとに十分に休んで次のコンサートで歌うことに備えられなくなるわけ。すっかり疲れちゃって、そんな状態じゃ、最高の歌を披露できなくなるの」。ハツカネズミ族は、ヨゼフィーネの声に耳を傾けて、聞き流すのです。すぐ感動してしまうハツカネズミ族も、ときには、ここでも感動しないのです。拒絶は、ときには断固たるもので、ヨゼフィーネでさえ立ちすくむ。ヨゼフィーネは従順そうな顔をして、定められた労働をし、全力をつくして歌います。だがそれも、ほんのしばらくの間だけ。やがて新しい力をつけて闘いを再開します。——闘う力なら無限にもっているようです。

さて、ここで明らかになりました。ヨゼフィーネは、自分の望みを口にしますが、じつはそれを手に入れようとはしていないのです。ヨゼフィーネには理性があります。働くことも嫌いではない。そもそもハツカネズミ族は労働嫌悪ということを知りません。ヨゼフィーネの生活は、要求が認められた後も、きっとこれまでと同じでしょう。働くことは歌の邪魔になどならないでしょう。もちろん歌がもっと美しくなることもないでしょう。――ヨゼフィーネの魂胆は、要するに自分の芸術が、誰からも異論がなく、みんなに認められること。これまで知られていたすべてのものをはるかに超えて認められることなんです。時代を超え、ほとんどどんなことでもヨゼフィーネには手に入るように思えるのに、認められることだけは頑固に拒否されている。もしかしたら、そもそも最初から別の方向を攻めるべきだったのかもしれません。もしかしたら、今では自分でもその失敗に気づいているのかもしれません。けれど、もう後には引き戻せない。引き戻せば、自分自身に誠実ではなくなってしまう。だからもう、この要求をもって立ちつづけるか、倒れるしかないわけです。

本人が言うように、もしもヨゼフィーネに現実の敵がいるのなら、敵はヨゼフィーネの闘いを、指一本うごかすことなく、楽しく見物することができるでしょう。しかしヨゼフィーネに敵はいません。たとえヨゼフィーネに反対する者がときどき現れたとしても、そんな闘いを楽しむ者はいません。なにしろ、そんなときにはハツカネズミ族が冷徹な裁判官の姿勢をとるからです。ハツカネズミ族がそんな姿勢になることは、普段めったにないのですが。そしてその場合、もしも誰かがそんな裁判官のような姿勢を悪くないと認めるとしても、いつか自分に対してもハツカネズミ族は似たような姿勢をとるだろうと想像するだけで、見物の喜びはすっかり消えてしまいます。まさにこの拒否のケースは、ヨゼフィーネの要求のケースと似ていて、拒否された事柄が問題ではないのです。ハツカネズミ族がひとりの同胞に対して、こんなふうに門戸を閉ざすことが問題なのです。普段のハツカネズミ族は、まさにそういう同胞に対しては父親のように、いや父親以上のように、謙虚な気配りをするだけに、いっそう厳しく門戸を閉ざすことが問題なのです。

ここで、ハツカネズミ族をひとりの男に置き換えてみると、こんなふうになりますね。〈この男は、ずうっとヨゼフィーネに譲歩してきた。いい加減、自分の譲歩をおしまいにしたいと燃えるように思いつづけながら。超人的にたくさん譲歩してきたのは、そのうち当然、譲歩の限界にぶちあたるだろうと確信していたからだ。たしかに、男が必要以上に譲歩してきたのは、問題の決着を早めようと思ったからだ。ヨゼフィーネを甘やかして、つぎつぎに新しい願いへ駆り立てようと思ったからだ。そしてとうとうヨゼフィーネが最後の要求を出してきた。そこで男は、もちろん、ずっと前から準備していたので手短に、決定的な拒絶をしたのである〉。ところが実際は、当然そんなふうにはならなかったのです。ハツカネズミ族にはそんな策略は必要がない。おまけにヨゼフィーネに対するハツカネズミ族の敬意は、本物で実証済み。そしてヨゼフィーネの要求はたしかに非常に強いものなので、屈託のないどんな子どもでも、その結末を予言することができたでしょう。にもかかわらず、この問題についてのヨゼフィーネの見解には、今述べた推測も働いている可能性があります。またその推測が、拒絶された者の痛みに苦みを添えている可能性もあります。

けれどもヨゼフィーネは、そんな推測をしているとしても、だからといって怯むことはありません。最近は闘い方が過激にすらなっています。これまでは言葉だけで闘っていたのですが、今は別の手段も使うようになっています。ヨゼフィーネに言わせれば、もっと効果的な手段であり、あたしたちに言わせれば、ヨゼフィーネ自身にとってもっと危険な手段です。

こんなふうに思っている人がいます。〈ヨゼフィーネ、ずいぶん強硬になったね。それはさ、自分で年をとったと感じてるから。声に衰えがあるから。だから、自分を認めさせる最後の闘いの時だと思ってるからだな〉と。でも、あたしはそうは思いません。それが本当なら、ヨゼフィーネはヨゼフィーネでなくなります。ヨゼフィーネにとってヨゼフィーネは年をとらない。声が衰えることもない。ヨゼフィーネが何かを要求するときは、外部のものごとではなく、内的に首尾一貫していることに促されているのです。一番高いところにある花輪にヨゼフィーネが手を伸ばすのは、ちょうど今その花輪が、いつもよりちょっと低いところに掛けられているからではなく、一番高いところに掛けられているからなのです。もしも自分で掛けられるなら、もっと高いところに掛けるでしょう。

外にある困難をそんなふうに軽蔑しているからといって、下劣きわまりない手段を使わないわけではありません。ヨゼフィーネには自分の権利を疑う余地はない。ですから、それをどんなふうに手に入れるかは、問題になりません。とくに、自分の目の前に広がっているようなこの世界では、品位ある手段のほうが空回りに終わってしまうわけですから、なおさら。もしかすると、だからこそ、自分の権利を手に入れる闘いを、歌の領域から、自分にとって大事ではない別の領域へ移動させたのかもしれません。ヨゼフィーネの取り巻きがヨゼフィーネの自負を触れ回ってきました。「わたしはね、完璧に歌うことができると思ってるの。わたしの歌がハツカネズミ族のあらゆる層で、ひっそり隠れている野党にとっても、本当の喜びになるように歌えるんだ。みんなは昔から、わたしの歌に本当の喜びを感じるって言うけれど、本当の喜びというのは、ハツカネズミ族が言う意味じゃなく、わたしヨゼフィーネが望んでいる意味でなんだよね。でもね」と、ヨゼフィーネはつけ加えます。「わたしはさ、貴いものを傷ものにはできないし、卑しいものに媚びることもできないから、今あるようなままでしかないわけ」。さてところで、ヨゼフィーネは、労働免除を求めて闘うときには、別の手を打ってきます。たしかにそれも歌のための闘いですが、歌という貴重な武器を直接に使うわけではないのです。ヨゼフィーネが使う手段は、だから、どんなものでも十分に効果的なのです。

たとえば、こんな噂が広められました。〈ヨゼフィーネは、要求が入れられない場合は、コロラトゥーラを短くするつもりらしいぞ〉。あたしはコロラトゥーラのことは全然わかりません。ヨゼフィーネの歌でコロラトゥーラらしきものに気づいたこともありません。でもヨゼフィーネはコロラトゥーラを短くするつもりです。さしあたりは止めるのではなく、短くするだけ。本人はこの脅しを実行したと言っていますが、あたしにはそれまでの演奏との違いがまったくわかりませんでした。ハツカネズミ族のみんなは、いつものように耳を傾けていましたが、コロラトゥーラについては何も言いませんでした。そしてヨゼフィーネの要求の扱いにも変化はありませんでした。

ちなみにヨゼフィーネは、その容姿と同様、明らかに考え方においても、優美な面を見せることがときどきあります。たとえば、コロラトゥーラについての決定がハツカネズミ族のみんなには厳しすぎた、または突然すぎたと感じられた公演の後では、「次回はコロラトゥーラを省略しないで全部歌います」と宣言したのです。でも次回のその公演が終わってから、また考えを変えました。「コロラトゥーラは大変だから、もうこれっきり。あたしに有利な決定が下されるまで、コロラトゥーラは封印するよ」。ところがハツカネズミ族のほうは、こういったヨゼフィーネの宣言や、決定や、決定の変更をすべて聞き流しました。考えごとをしている大人が子どものおしゃべりを聞き流すみたいに、好意的に耳は貸すけれど、何も聞いていないのです。

しかしヨゼフィーネはへこたれません。たとえば、最近はこんなことを言い出しました。「働いてるとき、足を怪我しちゃったから、歌っているとき立ってるのが大変だ。わたし、立ってしか歌えないから、これからは歌の数を減らすしかないかな」。ヨゼフィーネは足を引きずって、取り巻きに支えてもらっているにもかかわらず、本当に怪我をしているとは誰も信じません。ヨゼフィーネの体が特別に傷つきやすいことを認めるとしても、ハツカネズミ族はそもそも働き者であり、ヨゼフィーネもハツカネズミ族の一員なのです。もしも、ちょっと皮膚をすりむいたくらいで足を引きずろうとするなら、ハツカネズミ族の全員が足を引きずることになるでしょう。けれどもヨゼフィーネの足が不自由になって、歩くときに体を支えてもらうことになっても、また、そういう気の毒な状態なのに普段より公演の回数が増えたとしても、ハツカネズミ族は以前と同様、感謝しながら、うっとりヨゼフィーネの歌に耳を傾けています。しかし歌がカットされていても、大騒ぎはしない。

いつも足を引きずってばかりではいられないので、ヨゼフィーネは別の手を考え出します。疲れているとか、気分が乗らないとか、体力が落ちているとかを言い訳にするのです。あたしたちはコンサートのほかに芝居も見せてもらうことになります。ヨゼフィーネの後ろに取り巻きがいて、「歌ってほしい、ぜひ」と頼んでいる。「歌いたいけど、歌えないな」とヨゼフィーネが言う。取り巻きが慰め、お世辞を言い、前もって探しておいた場所までヨゼフィーネを抱きかかえるようにして運んで、歌ってもらおうとする。とうとうヨゼフィーネは意味不明の涙を浮かべて折れる。けれども、どうやら最後の気力をふりしぼって歌いはじめようとするのですが、疲れていて、腕を普段のように広げることもなく、ダラリと体にくっつけたまま垂らしている。もしかしたら、ちょっと腕が短くなったのかもしれないという感じです。——そうやって歌いはじめようとするのですが、またもやうまくいきません。不機嫌そうに頭がグッと動いたので、わかります。そしてあたしたちの目の前でくずおれてしまう。しかしそれからふたたび、やっとの思いで立ち上がって、歌うのですが、あたしには普段とそんなに違わないように思えました。もしかしたら、ものすごく微妙なニュアンスを聞き分けられる耳なら、ちょっと異例の興奮が感じ取れたかもしれません。もっともその興奮のおかげで歌がすばらしいものになるわけですが。そして歌い終わると、歌う前より元気になって、しっかりした足取りで、と、ヨゼフィーネのチョロチョロ走りをそう呼んでいいものならば、帰って行きました。取り巻きの助けはすべて断って。そして、畏敬の念をもって道を空けてくれる大勢の客を冷たい視線でチェックしながら。

それが最近のことでした。一番新しいところでは、ヨゼフィーネの歌が予定されていた時間に姿を消してしまっていたのです。ヨゼフィーネを探したのは、取り巻きだけではありません。多くの者が手分けして探したのですが、見つかりません。ヨゼフィーネが消えた。歌うつもりがない。歌ってほしいと頼まれることさえ望まない。

今回は完全にあたしたちを見捨てたのです。賢いヨゼフィーネが、とんでもない計算違い、変ですね、計算違いじゃないんですか。ヨゼフィーネは計算なんかしないで、いを。だから、こんなふうに思ってしまいます。ヨゼフィーネの運命は、あたしたちの世自分の運命に流されているだけなんだ、と。自分の意思でヨゼフィーネは歌から身を界では非常に悲しい運命にしかなれません。ハツカネズミ族の心情に対して自分が手に引き、自分の手で権力を破壊するのです。ハツカネズミ族の心情をほとんど知らないまま、いったいどうやって入れた権力を。ヨゼフィーネは身を隠して、歌いませ権力を手に入れることができたのでしょうか。ん。ですがハツカネズミ族は、落ち着いていて、失望した色も見せず、おどおどせず、大勢で静かにまとまっています。この集団は、見かけとはまったく逆なのですが、プレゼントすることができるだけで、絶対に受け取ることができない。たとえヨゼフィーネからのプレゼントでも。このハツカネズミ族は、わが道を歩きつづけています。けれどヨゼフィーネの場合は下り坂しかありません。やがてその時が来るでしょう。ヨゼフィーネが最後にチュウと鳴いて、そのチュウが聞こえなくなる。ヨゼフィーネは、あたしたちハツカネズミ族の永遠の歴史のなかの小さなエピソードです。ハツカネズミ族はその喪失を克服するでしょう。もちろん簡単には克服できないでしょう。完全な沈黙のなかで、どのように集会ができるのでしょうか？　できますとも。ヨゼフィーネがいたときも、沈黙の集会でしたよね？　ヨゼフィーネの実際の口笛は、言うに値するほどのものだったのでしょうか？　記憶に残っている口笛より、よく響いて生き生きとしていたのでしょうか？　ヨゼフィーネが生きているときも、ヨゼフィーネの口笛は、たんなる口笛以上のものだったのでしょうか？　もしかしたら、ヨゼフィーネの歌が高く評価されたのは、どちらかといえばハツカネズミ族が知恵を働かせたからではないでしょうか？　まさにそう評価されたことによって、ヨゼフィーネの歌は不滅だったわけですから。

　というわけで、あたしたちはヨゼフィーネがいないことを、それほど寂しいとは思わないかもしれません。ヨゼフィーネの考えによると、地上の苦労は選ばれた者に用意されているものです。その地上の苦労から解放されて、ヨゼフィーネは、ハツカネズミ族の無数の英雄たちの一員として、喜んで姿を消すのでしょう。そしてやがて、ヨゼフィーネのすべての兄弟と同じように、高いレベルで救われて存在を忘れられることになるでしょう。あたしたちハツカネズミ族は歴史というものを考えないので。

解説

丘沢 静也

この『田舎医者／断食芸人／流刑地で』は、光文社古典新訳文庫では、『変身／掟の前で 他2編［＝判決／アカデミーで報告する］』、『訴訟』につづく3冊目のカフカです。

＊

たいていの人気作家は、死後だんだん読まれなくなっていく。その逆がカフカだ。生前は、ほとんど無名のサラリーマン作家だった。『変身』も、書いてから出版されるまで3年がかり。死んだ年の１９２４年までに出版された作品もごくわずか。短編集では『観察』、『田舎医者』、『断食芸人』。短編では『ボイラーマン』、『判決』、『変身』、『流刑地で』。どれも小冊子のように薄い本だから、これらを全部——新聞・雑誌に発表されただけのテキストも含めて——集めても、1冊にまとめることができる程度の分量だ。実際、批判版カフカ全集では、〈生前に印刷されたもの〉として1巻（451ページ）に収められている。ちなみに、（手紙を除いたペーパーバック）批判版カフカ全集（全15巻）のうち、（日記も入れて）作品のテキスト巻は全部で7巻。

カフカは、友人で作家のマックス・ブロートへの遺言で、『訴訟』や『城』など未完の小説をはじめとして、未完の短編、日記、手紙をすべて破棄してほしいと頼んでいた。自分にきびしいカフカは、自分の書いたもののうち価値があるのは、『判決』、『ボイラーマン』、『変身』、『流刑地で』、『田舎医者』、『断食芸人』だけだと考えていた。

本書に収めた『ボイラーマン』（＝『火夫』）は、未完の小説『失踪者』の第1章にあたる。『失踪者』の草稿はノートに数百ページほど書いていたけれど、カフカが合格点をつけたのは、この第1章だけ。カフカは、『判決』、『ボイラーマン』、『変身』の3作を1冊にまとめて、『息子たち』というタイトルで出したいと考えていた。しかし版元のクルト・ヴォルフに認めてもらえず、『ボイラーマン』は単独で、47ページの薄い本として1913年にライプツィヒで出版された。

未完の長編小説『失踪者』や『訴訟』や『城』などカフカ作品の大部分は、カフカの死後、カフカの遺言に反して、ブロートの手によって出版された。ブロートの尽力がなければ、カフカの作品として知られているものの7分の6は、私たちにプレゼントされなかった。しかしそのプレゼントにはブロートの指紋がたくさんついている。たとえば『失踪者』。カフカが「アメリカ小説」と呼んでいたので、ブロートは『アメリカ』という題名にし、主人公が救われる結末にした。また、カフカの日記は創作ノートでもあったのだけど、ブロートの手によって性的な記述がカットされ、手紙も、似たような手つきで編集されている。

ブロートの書いたカフカ本のタイトル――『カフカ伝』、『カフカの信仰と教え』、『道標となるカフカ』、『カフカ作品における絶望と救い』――を見ればわかるように、ブロートは、無名のカフカを宗教思想家として売り出そうとした。以来、カフカは、「不条理」とか、「絶望」とか、「救い」とか、「書くこと」とか、まじめで深刻なメガネでながめられてきた。

未完の小説『訴訟』は、長いあいだ日本では、おどろおどろしく深刻な『審判』というタイトルで流通してきた。けれども原題のDer Processに「審判」の意味はない。軽やかで、喜劇のにおいもするこの長編小説（の試み）には、平凡な市民が共感する日常的な心理やユーモアがちりばめられている。寄せて見れば悲劇、引いて見れば喜劇、ということもある。ちなみに、短い『夢』（本書所収）を読むと、長い『訴訟』を読んだ人ならきっと、あっ、と思うにちがいない。

カフカは、感傷的な涙とは縁がない。よく切れる包丁でタマネギを切ると、涙は出ない。カフカを読んでも、あまり泣くことがない。そのかわりニヤリとする。ハッと息をのんで動けなくなる。笑いの奥には、涙すら出ない深刻な事態もある。

＊

杉並区の高井戸中学校の図書室は、扉を開けると杉並区の高井戸図書館があるという造りだ。ちょっとカフカっぽいハイパースクール！　扉は昼休みに開放されるという。その高井戸中学校の国語のM先生から、去年の夏、手紙をもらった。

〈授業で、生徒が自分で読みたい本を選んで読み深めることを目的として、読書会を行いました。そこで、何人かの生徒が丘沢さん［「丘沢様」と書かれているけれど、以下、ほかの手紙の引用でも、すみません、勝手に「丘沢さん」に変えちゃいました」の翻訳された『変身』を選択し、他の訳者が翻訳したものと読み比べたりして、作品を読み深めていきました。読書会が終わると、「感想や疑問を手紙に書いて訳者に読んでもらいたい！」との声が上がったので、授業の中で丘沢さんに手紙を書くことになりました〉。中学2年のAさん、Kくん、Oさんの手紙が同封されていた。

〈私の学校には三種類の『変身』がありました。最初は、丘沢さんではない方の本を読んでいたのですが、話が分からず手が動きませんでした。しかし先生にすすめられて丘沢さんの本を読んでみると、これまでの『変身』とは違う本のように面白く感じられ、その後は無我夢中で読みました。同じ本でも訳者によって全く印象が変わることに驚かされました〉。Kくんの手紙だが、外交辞令だとしても、うれしい。外交辞令は、人づき合いには欠かすことのできない潤滑油だ。

〈グレーゴルの虫の姿は一つ一つの動きがていねいに表現されていたので、イメージが鮮明にうかび上がってきました。しかし虫が何の虫なのか、さいごまで示されていなかったという点で、とても私の想像力が引き立てられました。私は、同じ人間くらいのカナブンを想像しました。丘沢さんは翻訳中にどのような虫を想像されましたか? とても興味深いです〉。カフカがOさんの手紙を読めば、にっこりするだろう。〈一つ一つの動きがていねいに表現されていた〉。カフカはロマン的な心の動きではなく、体の動きをていねいに、シンプルなドイツ語で書いた。たとえば『判決』(『変身/掟の前で』所収)は、こんなふうに終わっている。

ゲオルクは部屋から追い立てられた気がした。背後で父親がベッドに倒れる音がまだ耳に残っていたが、部屋を後にした。斜面をすべるように急いで階段をおりたとき、お手伝いの女と衝突しそうになった。朝になって部屋を片づけるため、階段をあがろうとしていたのだが、「キャーッ!」と悲鳴をあげて、エプロンで顔をおおった。ゲオルクの姿はもうそこにはなかった。門を飛びだし、車道を横切り、川へと駆られた。もう橋の欄干をつかんでいた。腹ぺこの人間が食べ物をつかむように。すぐれた体操選手のようにひらりと欄干を飛びこえた。子どものとき体操が得意で両親の自慢だった。まだしっかり欄干につかまっていたが、だんだん手の力がぬけてきた。欄干の柵ごしにバスが見えてきた。川に落ちてもバスの轟音でまったく聞こえないだろう。ゲオルクはそっと呼びかけた。「父さん、母さん、ずっと愛してたんだよ、ぼくは」。そして手を放した。

その瞬間、橋のうえでは、交通がとぎれることはなかった。

『判決』をカフカは、1912年9月22日夜10時から23日朝6時にかけて一気に書いた。カフカの手稿は、モーツァルトの自筆譜に似ている。どちらも一気に書かれていて、ほとんど直しがなく、きれいなものが多い。カフカは、自分がどういうふうに書いていけばいいのか、この『判決』で発見した。『判決』は、カフカがカフカになった作品である。

〈丘沢さんは翻訳中にどのような虫を想像されましたか?〉。『変身』の翻訳をしたのは、かなり前のこと。耄碌（もうろく）している私は、どんな虫を想像しながら訳したのか、思い出せない。かりに思い出したとしても、訳者の分際をわきまえて、つまり作者の代理人として、または作者と読者のかけ橋として、読書会の仲間にはならず、口をつぐんでいたい。

『変身』の表紙。
オトマル・シュタルケ絵

『変身』の表紙絵はオトマル・シュタルケが描いている。カフカは版元から、「『変身』もこんな感じの本にします」と見本（C・シュテルンハイム『ナポレオン』）を送られていた。

「先日のお手紙によれば、変身のタイトル絵はオトマル・シュタルケが描く予定なんですね。ですが、私としては、『ナポレオン』の絵からこの画家を判断したにすぎませんが、ちょっと驚いています。たぶん非常に余計な心配なのですが。つまり、シュタルケはリアルに描いてますから、まさか『変身』でも虫を実際に描くつもりではないのか、と心配しているわけです。それはやめてください。お願いですから、それはやめてください！」

Oさんは〈同じ人間くらいのカナブン〉を想像しているが、大きなゴキブリを想像する読者もいるだろう。カフカが虫の絵を拒否したのは、どんな虫なのか、読者に想像してもらいたいからだ。そして、虫が人間である場合も考えられる。Aさんはこう書いている。〈もし私の家族も虫だけではなく、今と変わってしまったときに、どんなに変わっても、家族、身近な人を大切にすることは大事だと気付くことができました。そしてこの物語の中にある、父がグレーゴルにリンゴを投げつけるシーンがとても印象に残り、家族を捨てるような行為は悲しいと思いました〉

＊

テキスト（文字の集合）と作品は、同じものだろうか。『変身』のテキストは、読者に読まれることによって、はじめて『変身』という作品になる。この「テキストと読者の相互作用」（W・イーザー）が生まれるのは、言葉が抽象的なメディアで、想像の余地がたっぷりあるからだ。私たちは、自分なりに「虫」を想像しながら、本を読んでいく。

その想像の余地を「穴ぼこ」と考えれば、私たちは穴埋めをしながらテキストを読んでいることになる。穴は、単語のレベルにかぎらない。たとえば、「なぜ」父がグレーゴルにリンゴを投げつけたのか。そういうことも考えながら読んでいく。読むことはセックスに似ている。

たとえば、読者Aがテキスト『変身』とセックスをして、子どもaが生まれたら、そのaが、Aにとっての作品『変身』である。読者Bがテキスト『変身』とセックスをして、子どもbが生まれたら、そのbが、Bにとっての作品『変身』だ。読者Cがテキスト『変身』とセックスをして、子どもcが生まれたら、そのcが、Cにとっての作品『変身』。……読者Hはテキスト『変身』とセックスをしたけれど（または、セックスする気になれず）、子どもが生まれなかったから、テキスト『変身』はテキスト（文字の集合）のままで、作品『変身』にはならない。乱暴に言えば、読者の数だけ『変身』がある。だから、好きな原作が映画化されたとき、たいていの人は映画に違和感をもつことになる。

また、ひとりの人についても同じことが言える。Aが18歳のとき読んだ『変身』（セックスして生まれた子ども）をa_1とすれば、37歳のときに読んだ『変身』は、a_2。56歳のときに読んだ『変身』は、a_3。85歳のときに読もうとしたけれど、認知症がひどくて子どもは生まれず、テキスト『変身』は文字の集合のまま……。そして子どもa、b、c、a_1、a_2、a_3には、ヴィトゲンシュタイン流にいえば、家族のように似ている点や、似ていない点がある。

テキスト『変身』と作品『変身』は別物なのだ。文学や芸術は、解答ではなく回答の世界。作り手が、ご主人様や王様のように偉いわけではない。映画監督の伊丹十三は、「映画の半分は観客がつくる」と言う。絵本作家の五味太郎は、「絵本の51％は作者がつくり、49％は読者がつくる」と言う。文字情報は、映画や絵（本）よりずっと抽象的なので、その分、読み手の想像力の出番がもっと多くなる。余白の意味や、余白の美も、受容者の想像力があってこそ。もちろんカフカは、自分の書いた寓話の意味を説明することは拒否していた。まともな作家なら、自作を説明するなんて野暮なことはしないだろう。

＊

この本『田舎医者／断食芸人／流刑地で』に収めた話でも、不思議な経験のおすそ分けみたいなものが多く、読者は「？」をあちこちで感じるはずだ。スイスに行ったことのないシラーは、スイスを舞台にした戯曲『ヴィルヘルム［＝ウィリアム］・テル』を書いた。アメリカに行ったことのないカフカは、アメリカを舞台にした未完の小説『失踪者』を書いた。その第1章にあたる『ボイラーマン』の冒頭で、ニューヨークの自由の女神は「松明」ではなく「剣」をもっている。「?」好きの読者なら、考えるかもしれない。これ、カフカの勘違い? カフカの時代、検索して確認できなかったもんね。いや、「剣」に深い意味が込められてるのかな?

『判決』で息子は、父親に「おぼれて死ぬのだ!」と言われて、さっさと橋から身を投げる。なぜ? カフカの場合、行動はクリアに語られ、クリアに描かれているけれど、理由や原因の説明がない。けれども、その「?」の磁石が強力なので、読者はぐいと引き寄せられたまま、あれこれ考えてしまう。カフカは、「?」のエンターテイナー。ちなみに私は今回、『歌姫ヨゼフィーネ、またはハツカネズミ族』でチュウチュウ鳴くような「?」にたくさん出会って、とても楽しかった。しかし、「?」の深い森に不安を感じる読者もいるはずだ。

「?」だけでなく、不安も、カフカの作品では牢名主みたいなものだ。カフカの手紙には、カフカ自身の不安がよく顔を出している。「……ところで、そう、ぼくの本質とは、不安なんです」とか、「〈不安〉さえなければ、私はほぼ完全に健康なのです」とか。カフカは自分がユダヤ人であることで悩んでいたが、カフカの小説や短編には「ユダヤ人」という言葉は出てこない。けれども非ユダヤ系の世界でユダヤ人がかかえている葛藤やコンプレックス、その典型的な状況は、しっかり示されている。

＊

モンテーニュは『エセー』の「悲しみについて」で、ヘロドトス『歴史』（3-14）の「プサンメニトスの話」に触れている。それを踏み台にしてベンヤミンが『物語作者』で、「ほんとうの物語」とは何かを説明している。

エジプト王プサンメニトスが、ペルシャ王カンビュセスに負けて捕虜になってしまった。カンビュセスは、捕虜になったプサンメニトスに屈辱を味わわせてやろうと考えた。「プサンメニトスをな、ペルシャ軍が凱旋行進することになっている道端に立たせておけ」。さらにカンビュセスはこんな手配を指示した。「捕虜になったプサンメニトスには、王の娘がその道を通りすぎる姿も見せてやれ。下女となって水がめを持って泉に向かっていくところを」。その光景を見て、すべてのエジプト人が嘆き悲しんだ。だがプサンメニトスだけは、黙ったまま、じっと動かず、地面を見つめていた。しばらくしてプサンメニトスは、処刑のため一緒に行進させられている息子の姿を目にした。だがプサンメニトスは同じように、じっと動かないままだった。ところがその後、捕虜の列のなかに、自分の召使いのひとりの姿を認めた。老いぼれの、落ちぶれた男だ。そのときプサンメニトスは、両方の拳で自分の頭をなぐりつけ、もっとも深い悲しみを全身であらわした。

なぜプサンメニトス王は、召使いの姿を見てはじめて悲嘆にくれたのか？　モンテーニュは、「王の悲しみは、すでに溢れそうだったので、ほんのわずかに増えるだけで、堰が切れたのだ」と言っている——そう紹介してから、ベンヤミンは、友人フランツ・ヘッセルの考えを紹介する。「王の心を動かすのは、王族の運命じゃない。それは自分自身の運命なんだから」。ベンヤミンの恋人アーシャ・ラツィスの考えはこうだ。「私たちはね、舞台を見ると、心をうんと動かされるでしょ。実生活では心を動かされないことででも。この召使いだけが、王にとっては俳優だったんだ」。そしてベンヤミン自身も回答する。「大きな悲しみは、堰きとめられていて、緊張が緩んではじめて堰を切る。その召使いの姿を見て、緊張が緩んだわけだよ」

ヘロドトスは、何も説明しない。その報告は、じつにそっけない。だから古代エジプトのこの話は、何千年たっても、驚きと熟考をまだ呼び覚ますことができる。この話は、何千年もピラミッドの密室に閉じ込められていた穀物の種に似て、今日まで発芽する力を保っているのだ——と、ベンヤミンは言う。ほんとうの物語は、「なぜ」を説明しないから、読書会をすれば、きっと話が弾むはずだろう。

（ちなみにベンヤミンの説明は鮮やかなので、私はよく教室で使わせてもらった。けれどもベンヤミンはちょっとずるい。ヘロドトスでは後日談として、カンビュセスに質問されたプサンメニトスがその「理由」を説明しているし、モンテーニュもそれを、「最後の悲しみなら、涙であらわすことができるが、最初のふたつの悲しみは、どんな手段によってもあらわすことができない」と報告している。ベンヤミンはこれをこっそり拝借して、ちゃっかり自分の回答のなかに詰め込んでいる）

＊

未完の大作『特性のない男』を書いたローベルト・ムージルは、30代だった191

4年、雑誌『ノイエ・ルントシャウ』(フィッシャー書店)の編集者になる。無名のカフカに関心をもち、寄稿を依頼する。カフカは喜んだが、手持ちの原稿がない。しかし、1912年に書いた『変身』が、別の雑誌の編集部で眠っていることを思い出した。手書き原稿をタイプに打ちなおすと77枚。読ませてもらったムージルはすばらしいと思い、掲載を提案する。

だが、そのとき編集者ムージルは、雑誌のページ数の都合で——編集長ビーか社主フィッシャーの意向もあり——カフカに3分の1のカットを要求した。当然、カフカは拒否する。そのかわりに、「とりあえず第1章だけを掲載するか、1915年にまるごと掲載するのはどうですか」と代案を出す。そうこうするうち『変身』は、1915年に別の雑誌『ディー・ヴァイセン・ブレッター』で発表され、ムージルは『変身』を世に出した編集者にはなれなかった。

小説『寄宿生テルレスの混乱』は、思春期の少年たちの混乱を描いた物語で、ムージルのデビュー作だが、ムージルは、しだいに物語というものに懐疑的になり、「物語ることに対する吐き気」をもつようになっていく。『特性のない男』の第122章で、主人公のウルリヒはこんなふうに考える。

人生の重荷にうんざりし、単純なことを夢見るようになったとき、ほしくてたまらなくなる人生の法則がある。物語の秩序という法則だ。圧倒的に複雑な自分の人生を、「これが起きた後に、あれが起きた」という単純な物語の糸に通して再生すれば、心が落ち着く。「おれは家の主人だ」と感じさせてくれる何かが、無意識のうちに生まれてきて、お腹にお日さまを当てたみたいに安心できる。たいていの人は、基本的には自分自身に対して物語作者なのだ。事実が秩序だしく並んでいることを好む。自分の人生にはひとつの「道筋」があるのだと思うことで、現実が複雑で混沌としていても、なんとか安全だと感じるわけだ。

こんなふうに考えてきて、ウルリヒは気づく。「私には、こういう素朴な物語がなくなってしまった」

素朴な物語は、説得したり納得したりするときに大活躍する。よい政治家も、悪い政治家も、よい商人も、悪い商人も、「わかりやすい物語」によって人を動かそうとする。世界は複雑で混沌としているからこそ、一筋縄でいく「わかりやすい物語」が愛される。私たちは〈お腹にお日さまを当てたみたいに安心〉したい。

でも、複雑な世界を「わかりやすい物語」によって上書きすることは、応急処置のバンドエイドみたいなもの。実生活で私は、わかりやすい物語も、わかりやすい物語をする人もあまり信用しないことにしている。

最近は、わかりやすいレッテル、わかりやすい図式、わかりやすい物語が人気だ。けれども、ひねくれ者のカフカは、世界が素朴でないことを知っている。「真実を言うことはむずかしい。たしかに真実はひとつだが、真実は生きているので、生き物のように顔を変えるからです」（ミレナ宛の手紙）。事実や世界は、簡単な言葉や図式、素朴な物語にまとめることができない。わかったつもりにならないカフカは、「ほんとうの物語」の伝統を受け継いでいる。

カフカについて書かれたものは山のようにある。「？」の磁力が強いので、解釈せずにはいられない。作品を読んだ人の数だけ解釈が生まれ、カフカ産業が繁盛する。でもテキストはひとつ。「もしもカフカが自分の小説で、カフカ研究者たちが解釈しているようなことを、言いたかったのなら、どうしてカフカは、それを自分で言ってしまわなかったのでしょうか？」（Ｍ・エンデ）。おもしろいのは、やっぱりカフカのテキストだ。

カフカの「なぜ?」に惹かれたとき、いろいろ考える。そのとき自分のかけているメガネ(認知バイアス)に気づくだろう。私たちはメガネなしで、ものを見ることができない動物だ。自分のメガネの残念な解像度に気づいて、別のメガネに交換することもある。ブレヒトは、わかりやすい「なぜ?」を提供して、ブレヒトが好ましいと思うメガネを売りつける腕利きの豪商だが、抜群にひねくれているカフカの「なぜ?」は、一筋縄ではいかない。わかったつもりにさせてくれない。カフカは「?」の巨匠である。

*

高井戸中学のOさんの手紙に、こんな質問があった。〈この訳書は、急に虫になってしまったグレーゴルが主人公となり、家族があたたかく支えつつ、最後は負担が大きかったことから、死んでしまっても安心していた家族が書かれているように思いました。そのためこの訳書は、障がいを持った人がいる家族や、交通事故で介護が必要になってしまった人の家族、いろいろな家族のために書かれた著書なのではないかと

考えました。丘沢さんはどういう人のために作者がこの本を書いたとお考えでしょうか?〉

カフカが生前に出した本で、献辞があるのは3冊だけ。『観察』は「M・Bのために」。M・Bは、友人のマックス・ブロートのことだ。『判決』に添えられた「Fのために」は、恋人のフェリーツェ・バウアーのために。そして『田舎医者』は、「私の父へ」。しかし、どんな人のために書いたのか、献辞ではわからない。

カフカは自己愛の塊のような人だった。たとえば、人妻ミレナとの恋に燃え上がっていた最中、ミレナにこんな手紙を書いている。「しかし私が愛しているのはあなたなんかじゃない。じゃなくて、私がはるかに愛しているのは、あなたを通じて私にプレゼントされた私のことなんです」。誰かのためというよりは、しいて言えば、自分のために書いていたのかもしれない。カフカにとって、書くことはとても大事だったようだ。何を表現するのか? 誰のために書いているのか? などはどうでもよく、ものに取り憑かれたように書いていたのではないだろうか。

文字情報は手軽で抽象的なメディアだ。読み手の想像力の余地がたっぷりある。『変身』の虫はどんな虫? カフカの意図に縛られたい読者でも、自由に想像するしかない。カフカは、神様でも王様でもご主人様でもない。カフカの意図など気にせず、カフカに負けない自己愛をもって、ビューティフルな「誤読」を楽しめばいいのではないだろうか。カフカがプレゼントしてくれた文字情報を。また、カフカはプレゼントする気がなかったのにブロートがプレゼントしてくれたカフカの文字情報を。

フランツ・カフカ年譜

1883年

7月3日、チェコのプラハに生まれる。父ヘルマンは、労働者階級出身のチェコ=ユダヤ人で、商人。母ユーリエは、市民階級出身のドイツ=ユダヤ人。

1889年〜1893年　6〜10歳

ドイツ語で教育する小学校。

1983年〜1901年　10〜18歳

ドイツ語で教育するギムナジウム。

1901年　18歳

プラハ大学に入学。最初は化学を、あとで法学を専攻。

1902年　19歳

夏学期にドイツ文学。10月にミュンヘンへ。冬学期にプラハで法律の勉強を再開。マックス・ブロートと出会う。

1904年　21歳

小説『ある戦いの記録』を書く。

1906年　23歳

法学博士になる。10月から司法実習。

1907年　24歳

小説『田舎の婚礼準備』を書く。10月、イタリアの保険会社アシクラツィオーニ・ジェネラリのプラハ店に就職。

1908年 25歳
雑誌に8つの小品（タイトルは『観察』）を発表。7月、労働者傷害保険協会に就職。勤務時間は、午前8時から午後2時まで。1922年に退職するまで、ここに勤務。

1909年 26歳
雑誌に2つの短編を発表。マックス・ブロート兄弟と北イタリアに行く。その旅行記「ブレシアの飛行機」をプラハの新聞に発表。日記をつけはじめる。

1910年 27歳
労働者傷害保険協会の正職員になる。イディッシュ語（東欧ユダヤ語）劇団のプラハ公演にとても興味をもつ。10月、パリに旅行。

1911年 28歳
ブロート兄弟と北イタリアへ。チューリヒ近郊のサナトリウムに滞在。『失踪者』（第1稿）を書きはじめる。

1912年 29歳
7月、ヴァイマルへ旅行。8月13日、ベルリンの女性フェリーツェ・バウアーと出会う。文通がはじまる。『判決』、『変身』、『失踪者』（第2稿）を書く。小品集『観察』を出版。

1913年 30歳
『ボイラーマン』（『失踪者』の第1章）を出版。『判決』を文芸年鑑に発表。ウィーン、ヴェネチア、リーヴァに行く。

1914年 31歳

6月1日、フェリーツェ・バウアーと正式に婚約。7月12日、婚約解消。『訴訟』にとりかかる。『流刑地で』を書く。グレーテ・ブロッホと知り合う。

1915年　32歳

1月、フェリーツェ・バウアーと再会。プラハではじめて自分の部屋を借りる。ハンガリー旅行。6月、『ボイラーマン』でフォンターネ賞。10月、雑誌に『変身』を発表。12月、『変身』を出版。

1916年　33歳

フェリーツェ・バウアーとマリーエンバートに滞在。9月、『判決』を出版。ミュンヘンで『流刑地で』を朗読。(妹オットラの借りていた)錬金術師通りの部屋で、短編を書く。

1917年　34歳

7月、フェリーツェ・バウアーと2度目の婚約。8月、喀血。9月、結核と診断される。(妹オットラが住む)北ボヘミアの村チューラウに滞在。12月、2度目の婚約を解消する。

1918年　35歳

プラハの労働者傷害保険協会に復帰。シレジアでユーリエ・ヴォリツェクと知り合う。この年、ハプスブルク帝国(オーストリア=ハンガリー二重帝国)が解体し、チェコスロバキアが誕生。

1919年　36歳

『流刑地で』を出版。ユーリエ・ヴォリツェクと婚約。シレジアで『父への手紙』を書く。

1920年 37歳
療養のためメラーノ（南チロル）に滞在。ミレナ・イェセンスカと手紙のやりとりをはじめ、恋仲に。ウィーンでミレナと会う。プラハに戻る。短編集『田舎医者』を出版。ユーリエ・ヴォリツェクとの婚約を解消。いくつも短編を書く。12月、マトリアリィ（スロバキアのタトラ山地）のサナトリウムに滞在。

1921年 38歳
秋にプラハに戻り、職場に復帰。

1922年 39歳
シュピンデルミューレ（北ボヘミアの山地の保養地）に行き、『城』を書きはじめる。プラハで『断食芸人』を書く。7月1日、労働者傷害保険協会を退職。夏、プラニャ（南ボヘミア）に滞在。10月、雑誌に『断食芸人』を発表。

1923年 40歳
7月、ミューリッツ（バルト海沿岸の保養地）で、ドーラ・ディアマントと知り合う。パレスチナ移住を考えて、ヘブライ語の勉強を再開。9月、ベルリンでドーラといっしょに暮らす。『巣穴』を書く。

1924年 41歳
病状が悪化。3月、プラハに戻る。4月、『歌姫ヨゼフィーネ』を書く。キーアリング（ウィーン近郊）のサナトリウムに。雑誌に『歌姫ヨゼフィーネ』を発表。6月3日、死去。6月11

日、プラハ＝シュトラシュニッツのユダヤ人墓地に埋葬。8月、短編集『断食芸人』出版。

訳者あとがき

この本は、カフカの〈生前に印刷されたもの〉から8つを選んで訳したものです。

インディアンになりたい　Wunsch, Indianer zu werden（『観察　*Betrachtung*』1912）
突然の散歩　Der plötzliche Spaziergang（『観察　*Betrachtung*』1912）
ボイラーマン　Der Heizer（『ボイラーマン　*Der Heizer*』1913）
流刑地で　In der Strafkolonie（『流刑地で　*In der Strafkolonie*』1919）
田舎医者　Ein Landarzt（『田舎医者　*Ein Landarzt*』1920）
夢　Ein Traum（『田舎医者　*Ein Landarzt*』1920）
断食芸人　Ein Hungerkünstler（『断食芸人　*Ein Hungerkünstler*』1924）
歌姫ヨゼフィーネ、またはハツカネズミ族　Josefine, die Sängerin oder das Volk der Mäuse（『断食芸人　*Ein Hungerkünstler*』1924）

底本は、Franz Kafka: Schriften, Tagebücher. Kritische Ausgabe: *Drucke zu Lebzeiten*. Hrsg. von Wolf Kittler, Hans-Gerd Koch, Gerhard Neumann. Frankfurt a. M. S. Fischer Taschenbuch Verlag. 2002

〈翻訳をするときに心がけていることはありますか〉。高井戸中学のＫくんの質問だ。私は、ご主人様であるオリジナルには犬のように忠実でありたい。けれども、何をもって「忠実に」というのか、むずかしい。オリジナルの「どこ」を訳そうとしても、翻訳すれば、オリジナルにはない「何か」がつけ加わってしまう。と同時に、オリジナルにある「何か」が抜け落ちてしまう。これは翻訳の宿命だが、ご主人様を差し置いて自分が主人になろうとは夢にも思わない。

日本犬のようにピンと耳を立て、ご主人様のドイツ語を読んで、耳に聞こえてきた日本語をパソコンに打つだけ。私の犬小屋の屋根裏の天井には、ペスタロッチの言葉がアクリル絵具で書かれている。「私の墓には、記念碑などやめて、ゴツゴツした野の石をひとつ置くだけにしてもらいたい。私もまた、ゴツゴツした野の石にすぎなかったのだから」

　私が翻訳するときの座右の銘だ。「美しい日本語」や「日本語らしい日本語」には、あまり興味がない。翻訳には文化の摩擦がつきものだから、その摩擦を大事にしたい。ツルツルに仕上げられた翻訳作品ではなく、ざらつきのある翻訳テキストがいい。

　カフカは、ロマン主義を嘘だと思っていた。装飾のない、シンプルなドイツ語で書いている。深刻な出来事であっても、深刻な顔はしない。カフカの翻訳で私は、時代がかった文学臭を消すようにしている。「流刑地にて」ではなく「流刑地で」、「まなざし」ではなく「視線」、「審判」ではなく「訴訟」といった具合に。

　カフカの全集は、ブロート版（１９３５－１９７４）と、批判版（１９８２〜）と、史的批判版（１９９５〜）がある。３つの版については、古典新訳文庫の『変身／掟の前で』と『訴訟』で、すこしだけ詳しく書いたが、ブロート版は、カフカの友人ブロートが編集したもので、ブロートの手直しなどの問題があり、今では過去の遺物だ。批判版は、ブロートの手直しを修正しようとした編集で、テキスト巻（確定された本文）とアパラート巻（成立・出版過程や異文など）に分かれている。史的批判版は、

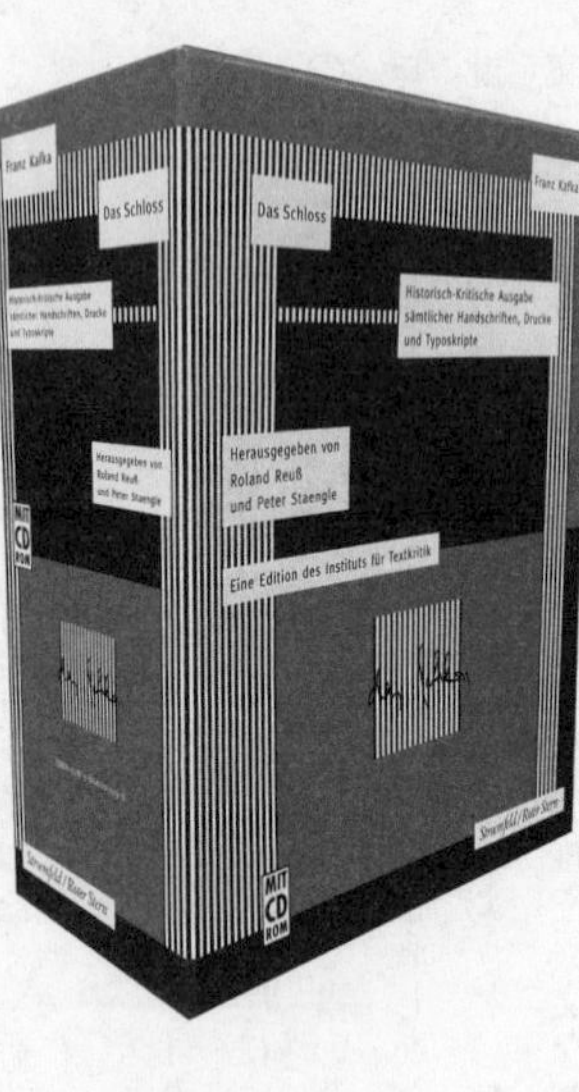

本文と異文の分別をしていない手稿のファクシミリ（&その翻字）版だ。

今回の〈生前に印刷されたもの〉8編は、批判版を底本にした。私の部屋の隅には史的批判版の『城』（2018年）の箱が立っている。寸法21・7×11・6×29・4㎝。重さ4191g。全1200ページ。CD-ROMつき。古典新訳文庫で1冊に収まるかな？ おデブの『城』の箱と目が合うと、呼吸がゆっくり深くなる。

いつものように今野哲男さん、古典新訳文庫編集長の中町俊伸さんにお世話になった。いつものように中町さんには編集も担当していただいた。シンガポール駐在中の山田亜希子さんに翻訳モニターをお願いした。ありがとうございました。

2022年5月

丘沢静也

田舎医者（いなかいしゃ）／断食芸人（だんじきげいにん）／流刑地（るけいち）で

著者　カフカ
訳者　丘沢静也（おかざわしずや）

2022年7月20日　初版第1刷発行

発行者　三宅貴久
印刷　萩原印刷
製本　ナショナル製本

発行所　株式会社光文社
〒112-8011東京都文京区音羽1-16-6
電話　03（5395）8162（編集部）
03（5395）8116（書籍販売部）
03（5395）8125（業務部）
www.kobunsha.com

落丁本・乱丁本は業務部へご連絡くだされば、お取り替えいたします。
ISBN978-4-334-75465-5 Printed in Japan

いま、息をしている言葉で、もういちど古典を

長い年月をかけて世界中で読み継がれてきたのが古典です。奥の深い味わいある作品ばかりがそろっており、この「古典の森」に分け入ることは人生のもっとも大きな喜びであることに異論のある人はいないはずです。しかしながら、こんなに豊饒で魅力に満ちた古典を、なぜわたしたちはこれほどまで疎んじてきたのでしょうか。

ひとつには古臭い教養主義からの逃走だったのかもしれません。真面目に文学や思想を論じることは、ある種の権威化であるという思いから、その呪縛から逃れるために、教養そのものを否定しすぎてしまったのではないでしょうか。

いま、時代は大きな転換期を迎えています。まれに見るスピードで歴史が動いていくのを多くの人々が実感していると思います。

こんな時わたしたちを支え、導いてくれるものが古典なのです。「いま、息をしている言葉で」――光文社の古典新訳文庫は、さまよえる現代人の心の奥底まで届くような言葉で、古典を現代に蘇らせることを意図して創刊されました。気取らず、自由に、心の赴くままに、気軽に手に取って楽しめる古典作品を、新訳という光のもとに読者に届けていくこと。それがこの文庫の使命だとわたしたちは考えています。

このシリーズについてのご意見、ご感想、ご要望をハガキ、手紙、メール等で翻訳編集部までお寄せください。今後の企画の参考にさせていただきます。
メール　info@kotensinyaku.jp